NADA SUCEDE DOS VECES

(Los casos de Vega Martín 1)

NADA SUCEDE DOS VECES

(Los casos de Vega Martín 1)

Lorena Franco

Los hechos y los personajes de este libro son ficticios, así como algunos escenarios recreados especialmente para esta historia. Nada de lo que aquí se cuenta está basado en... Así que cualquier parecido con la realidad es pura coincidencia.

Nada sucede dos veces (Los casos de Vega Martín 1)
Copyright © Lorena Franco, 2024
Diseño cubierta: J.B.
Imágenes de cubierta: ©Kateryna Kovarzh ©Aprzee / iStockphoto

Todos los derechos están reservados
Primera edición digital: Junio, 2024
ISBN: 979-8882952722

También disponible en audiolibro en exclusiva en **Audible**.
Una producción de **Audible Studios**.

Mata a mis demonios,
y mis ángeles morirán también.

TENNESSEE WILLIAMS

El mismo lobo tiene
momentos de debilidad,
en que se pone del lado
del cordero y piensa:
Ojalá que huya.

ADOLFO BIOY CASARES

NADA SUCEDE DOS VECES

Patones de Arriba, 2021

Nada sucede dos veces. Bueno… quien haya dicho eso, no conoce esta historia. Porque cuando uno carga con una maldición como la que parece cargar a sus espaldas Maya Herrero, las tragedias y las muertes violentas parecen estar destinadas a repetirse en un bucle infinito. Al menos, mientras haya vida. Porque toda maldición se rompe con un sacrificio de por medio.

Maya, conocida desde que en 2002 se convirtió en la amiga de la Dalia Negra española, tiene en la actualidad treinta y ocho años. Ya no es 2002, sino 2021, pero a Maya le da la sensación de haber viajado al pasado cuando descubre con horror la cabeza decapitada de uno de sus amigos. El resto siguen en paradero desconocido. Sin embargo, después del primer hallazgo, todo el mundo se va a temer lo peor en Patones de Arriba, un pequeño pueblo medieval situado en el nordeste de Madrid, conocido por haberse salvado de la invasión napoleónica en el siglo XIX, debido a que las tropas francesas no encontraron el pueblo al estar oculto entre las montañas.

—Nunca tuvieron que venir. Nunca tuvieron que venir —le repetirá Maya a la inspectora Vega Martín y al subinspector Daniel Haro, sin ser capaz de decir mucho más. Sus labios quedarán sellados. Mudos. Porque lo más fácil en estos casos es aislarte de un mundo que ves perdido.

La escena dantesca y demasiado gore como para pertenecer a la vida real, la devuelve a un pasado que Maya creyó haber dejado atrás cambiando de aires, yéndose a vivir a un pueblo donde nadie la reconociera, encontrando al amor de su vida, regentando una casa rural.

Sí, lo que ahora ve Maya, y es algo que nunca se podrá sacar de encima, le recuerda demasiado a aquella noche en la que tenía diecinueve años y salió por Madrid con Cristina. Maya fue a pedir una copa a la barra y le perdió la pista, pero no le dio importancia porque Cristina siempre hacía lo mismo. Desaparecía sin decir ni mu. Así que Maya dio por hecho que se había largado con el chico que le gustaba y la noche siguió como si nada.

Pero cuando Maya entró en el portal de su casa sobre las cuatro de la madrugada, descubrió la cabeza de Cristina decapitada. Antes de caer de bruces al suelo y quedarse inconsciente debido a la conmoción, su mente quebrada guardaría la imagen de Cristina con los ojos aún abiertos reflejando el miedo que sintió. Sus labios violáceos, agrietados y entreabiertos tenían la forma de «O», como si estuviera creando aros con el humo de los cigarrillos a los que se había aficionado recientemente. Su piel, exangüe, repleta de cortes profundos avivados con saña por un maniaco, parecía una máscara falsa, irreal. No tardaron en dar con el resto de su cuerpo despedazado con una violencia desmedida, en un descampado próximo en el que, cinco años más tarde, levantaron un edificio de pisos y una cafetería dando la espalda al pasado. No encontraron al culpable. Los investigadores del caso dijeron que jamás se habían enfrentado a un asesinato cometido con tanta saña. Nunca habían visto de cerca un horror así.

A Cristina se le quedó el mote de la Dalia Negra española, debido a las similitudes con el brutal asesinato de Elisabeth Short, cuyo cuerpo apareció mutilado y cortado en dos en Leimert Park, Los Ángeles, en 1947. Para que el tema resultara aún más jugoso, la prensa se inventó algo que no sucedió: que a Cristina le habían hecho lo mismo que a Elisabeth, «la sonrisa de Glasgow», que consistía en un corte desde las comisuras de los labios hasta las orejas. En los numerosos artículos que se escribieron sobre Cristina, también hablaban con una morbosidad indecente y dolorosa para quienes la querían, del hachero de Nueva Orleans, el asesino en serie que mató a ritmo de jazz entre mayo de 1918 y octubre de 1919, porque así era como deducían que la habían cortado en pedazos: con un hacha que nunca apareció.

No importa el lugar y el tiempo, el infierno que siembran según qué monstruos nunca abandonará el mundo. Por eso, quienes dicen que nada sucede dos veces, mienten. Porque, un día, el pasado llama a tu puerta con esa mala costumbre que tienen los fantasmas de regresar sin que los invoques. Y te das cuenta de que la pesadilla, aunque te diera una tregua, no ha hecho más que empezar.

CAPÍTULO 1

Madrid, 1997

En el estrecho cuarto de baño de baldosas verdes de un piso con aires sesenteros en pleno barrio de Malasaña, una devota madre teñía de rubio el cabello de su hija. Sonreía orgullosa, con el mentón en alto, mientras contemplaba el reflejo de la joven en el espejo.

«¡Cómo ha crecido! ¡Cómo vuela el tiempo, pasa en un suspiro, si parece que fue ayer cuando la acunaba entre mis brazos!», pensaba, mirándola con adoración.

Su niña era todo lo que siempre deseó. Era perfecta. Tan perfecta que hasta dolía, porque nada bueno le había durado demasiado en sus cuarenta años de vida.

—No me gusta el rubio, mamá —se quejaba María, que a sus catorce años ya empezaba a dar muestras de querer rebelarse contra su asfixiante progenitora—. A los pocos días se me queda el pelo naranja.

—Shhh… a mamá le gusta así. Así, así estarás guapa…

13

tan guapa, mi niña.

Hacía tiempo que María no se cuestionaba nada sobre su madre. Desde que tenía uso de razón sabía que había algo en su cabeza que no estaba bien y lo escribía cada noche en su diario, ese que ocultaba bajo el colchón y en el que se desahogaba a modo de terapia para tratar de evitar ser como ella. Ahí, empuñando el lápiz como si fuera un cuchillo atravesando la carne flácida de su madre, confesaba sus más oscuros secretos, esos que nunca podía ni debía descubrir nadie.

—Mañana conocerás a nuevas amiguitas, María. Nuevo instituto —suspiró con aire teatral, hablándole como si aún tuviera cinco años—. En los anteriores colegios no te sabían valorar, mi niña. No te veían como te veo yo, como quiero que te veas tú —cacareaba la madre insistente, incomodando a la hija, que la miraba con el rabillo del ojo con temor—. No te muevas, cariño, por favor —le pidió, cuando María se revolvía, incómoda, en el taburete.

—Huele mal. ¿Has acabado ya? —le preguntó con desprecio, conteniendo la respiración. Quería sacar de quicio a su madre, pese a lo peligroso que resulta poner nerviosa a una persona que no sabe controlar sus impulsos, pero en esa ocasión la mujer se contuvo y María no consiguió crisparla.

—Sí, ya casi está —contestó, dando los últimos brochazos con brusquedad, como si estuviera pintando una pared—. Media horita de nada, lo enjuagaremos y…

14

¡magia!

—Sí, ¡magia! —repitió María con burla, levantándose del taburete.

María salió del cuarto de baño y se retiró a su habitación pintada de rosa con una colcha floreada que le horrorizaba y muñecas de porcelana colocadas por tamaño en una vitrina cerrada con llave. Tenía pesadillas con ellas. Las odiaba. En multitud de ocasiones, se había visto a sí misma rompiendo el cristal que las aprisionaba. En su visión, agarraba a cada muñeca por los pelos, esos pelos rubios y falsos con tirabuzones como su madre quería que tuviera ella, las lanzaba al vacío y veía con satisfacción cómo se hacían añicos. El solo hecho de imaginarlo la complacía. Pero ella nunca haría algo así, ¿verdad? Porque si lo hacía, si su comportamiento no era el adecuado, vendría el hombre del saco y se la llevaría como hace con todas las niñas malas.

Mientras María esperaba a que el tinte surtiera el efecto que su madre deseaba, se asomó a la ventana. Vivían en una calle triste repleta de historias macabras donde apenas entraba luz. A lo lejos, María reparó en tres chicos paseando a la altura del número 9, donde hallaron un cementerio de fetos humanos que reveló la existencia de una clínica de abortos clandestina de la postguerra. Los chicos no eran mucho más mayores que ella. Observó con deleite sus andares despreocupados, sus cuerpos adolescentes fibrosos, su forma de vestir, la seguridad que desprendían. Uno de ellos fumaba con avidez expulsando sin experiencia el humo de su cigarro. Los otros dos devoraban una bolsa de pipas tirando con descaro las cáscaras al suelo. María emitió un suspiro del que no se percató, imaginando una realidad alternativa en la que formaba parte del grupo. Cuando pasaron por debajo de su ventana y uno de ellos hizo el amago de levantar la cabeza en su dirección, con la intuición acertada de estar siendo observado, María se escondió rápidamente tras la cortina ignorando el silbido que le profirió.

Media hora más tarde, la madre la llamó con su insoportable voz de pito. La joven resopló, obedeció, se desnudó y se sentó encogida en una esquina de la bañera verde, permitiendo que su madre la bañara como si aún fuera un bebé. Su cuerpo había cambiado mucho en los últimos dos años, por lo que la madre la miraba como si fuera una extraña. Qué poco le gustaba lo que empezaba a ver en su niña, la madurez de su cuerpo solo podía traerle cosas malas, intuyó, componiendo un mohín de disgusto.

Minutos más tarde contemplaron, una con más satisfacción que la otra, que el cabello castaño oscuro se había vuelto rubio platino, extremadamente blanco por error en algunos mechones. La roña marrón del tinte que no había desaparecido por el desagüe, se había quedado incrustada en la bañera, ya de por sí sucia. Sin embargo, la sonrisa de la madre mudó de repente en un gesto de desaprobación.

—¿Qué vamos a hacer con esas cejas, María? Son muy oscuras, muy gruesas... Ummm... no, no, no, no... —Sacudió la cabeza. La hija tembló de arriba abajo—. No me gustan.

María hizo un intento por huir del cuarto de baño, pero su madre la agarró fuerte de la muñeca, tan fuerte, que la huella de su mano empezó a perfilarse en una leve tonalidad púrpura. Escampó los restos del tinte en su dedo índice y logró su propósito: teñirle también las cejas.

María quiso llorar. Se veía ridícula, fea, el desagradable olor tóxico del tinte se le quedó incrustado en las fosas nasales, pero aún tendría que esperar tres horas para dejar que las lágrimas afloraran con libertad. Antes tenía que cenar un triste trozo de pollo empanado aceitoso y un yogur cuya fecha de caducidad había cumplido hacía un mes, mientras en la televisión hablaban de personas desaparecidas en extrañas circunstancias.

Seguidamente, María, aprovechando lo embobada que su madre se quedaba frente al televisor, se encerró en su habitación. Escribió un par de líneas en su diario. Le contaba, como si las páginas en blanco fueran su mayor confidente, lo nerviosa que se sentía por empezar en un instituto nuevo, mientras miraba con tristeza el vestido que su madre le había dejado en el respaldo de la silla para que se lo pusiera al día siguiente. Era de flores, como todos los que María tenía en el armario. Y pomposo, con un lazo alrededor de la cintura, como el que llevaban las muñecas de porcelana que la miraban burlonas desde la vitrina.

Me van a odiar. Me van a odiar como me odian en todos los sitios. La gente me mira mal, se ríen de mí, me llaman anormal, y es por su culpa. ¿Por qué no se muere? ¿Por qué mamá no se traga su propio veneno y se muere?

—¿Eso es lo que quieres? ¿Que tu mamá se muera? —le preguntó el niño muerto que aparecía cada noche en su habitación y que se quedaba con María hasta que el sueño la vencía.

El niño muerto tenía nombre, como todos los fantasmas que caen en el olvido. Cuando vivía se llamaba José María. Se había quedado anclado en la inocencia de los diez años y a María se le aparecía con un corte muy feo en el cuello. Decía que su padre, un sastre granadino, lo mató, a él, a sus cuatro hermanos y a su madre, antes de pegarse un tiro en ese mismo piso, el 3º D del número 3 de la calle Antonio Grilo, conocida como la de Las Beatas en el remoto siglo XVIII, con más muertos por metro cuadrado de todo Madrid.

CAPÍTULO 2

Madrid
Jueves, 20 de mayo de 2021

La inspectora Vega Martín se despide con un beso en los labios de Marco Ruíz, su marido, quien, con aire sombrío, le dice que hoy volverá a casa antes. Vega lo ve tan mal, tan hundido, que no puede dejarlo así, aunque llegue tarde a comisaría.

—Marco... qué pasa.

—Que hay mucha incertidumbre en el centro. Muchos pacientes se están dando de baja, sobran psicólogos... ¿Se sabe algo en comisaría? ¿Hay algún avance, algún sospechoso?

—No tienen nada. Descartaron a José, ya lo sabes.

—Sí —asiente Marco meditabundo—. También hablaron conmigo... Guillermo y Candela, creo que se llaman. No supe qué decirles y no me quito de la cabeza que... —Marco se detiene, lo que sea que fuera a decir se queda atascado en su garganta.

—¿Qué, Marco? Los asesinatos del Descuartizador los lleva Gutiérrez y su equipo, Guillermo y Candela son dos de ellos, sí, pero si hay algo que pueda hacer, dímelo.

—Joder, es que hasta el mote que le han puesto al asesino suena mal... —se lamenta Marco, sacudiendo la cabeza. Pese a ser uno de los psicólogos mejor considerados del centro, y por eso han prescindido de otros pero no de él, teme perder su empleo. Lo de montar una consulta privada todavía no lo ve claro, aunque Vega siempre lo ha animado a volar solo.

En la comisaría donde trabaja Vega como inspectora de la Brigada de Homicidios y Desaparecidos del Cuerpo Nacional de Policía, no se habla de otra cosa que de la sexta víctima del Descuartizador. ¿Cuántas mujeres más tienen que morir hasta que le den caza a ese psicópata? ¿Cómo es posible que se oculte tan bien, que no deje ningún rastro en los cadáveres después de someterlos a una tortura tan despiadada, como si tuviera una animadversión personal hacia ellas? ¿Cómo y dónde se lleva a esas mujeres? El equipo que se encarga de la investigación dice que este es uno de los casos más difíciles de sus carreras. Los asesinos en serie no abundan en España.

Las seis víctimas hasta la fecha son mujeres jóvenes que aparecen desnudas y torturadas. El modus operandi siempre es el mismo, de ahí que hayan relacionado cada crimen con el Descuartizador, aunque siempre pueden salir imitadores. Su asesino les diseccionó la cabeza del cuerpo cuando, según el forense, aún tenían un hilo de vida, lo que convierte al asesino en un ser cruel y violento. No hay indicios sexuales, y, aunque no se conocían entre ellas, tenían algo en común: todas acudían al centro Mia donde Marco trabaja como psicólogo. Eran pacientes de un compañero suyo, José Gago, impactado por lo ocurrido y descartado tras varias averiguaciones, pues tiene coartadas sólidas para los días en los que cada una de ellas desaparecieron. No descartan que haya sido algún paciente y están investigando a varios, hay dos con antecedentes. Gago está colaborando en todo lo que puede.

—Ayer apareció otra chica, ¿no? Lo vi en las noticias.

—La sexta víctima, sí —contesta Vega, chasqueando la lengua contra el paladar—. Es difícil controlar a la prensa con este tipo de sucesos, afortunadamente no son frecuentes. Encontraron su cuerpo ayer por la mañana en el embalse Molino de la Hoz. Es el mismo lugar donde apareció la primera víctima en noviembre.

—Queda en las Rozas, ¿no?

—Sí. Son asesinatos… difíciles de ver, Marco. Muy crueles, muy… No te preocupes, no perderás tu trabajo, ¿vale? Pillarán a ese cabrón y no podrá hacerle daño a nadie más. El centro seguirá como siempre, en nada volverán los pacientes, tranquilo.

—Ojalá tengas razón. Esas mujeres… he tenido acceso a sus historiales y, aunque a simple vista no veías nada raro en ellas, no estaban bien.

21

—Lo sé.

—Ansiedad, traumas infantiles, esquizofrenia, insomnio... ¿Qué hilos están moviendo? —sigue interesándose Marco.

—Bueno... hasta donde yo sé, están investigando a un par de pacientes con antecedentes criminales. Y ahora, sintiéndolo mucho, me tengo que ir.

Vega vuelve a ponerse de puntillas para darle otro beso en los labios a Marco. Él la acoge con intensidad. No quiere soltarla, así que la agarra por la cintura con la intención de retenerla un ratito más, y ella ríe, ríe porque es feliz, pero...:

—¡Marco, que me tengo que ir!

—No quiero que te vayas... qué ganas de que llegue el fin de semana y no salir de la cama en todo el día —le dice, componiendo un puchero, al tiempo que le da un mordisquito cariñoso en el cuello.

—Mmmm... no hay nada que me apetezca más que eso —conviene Vega con voz meliflua—. Pero me tengo que ir ya. Ah, y oye, acuérdate de llevar la alianza a arreglar, ¿no ves que se te cae? Un día de estos vas a perder tu anillo de casado —le sugiere Vega.

—Sí, es verdad, ya va siendo hora de que vaya a la joyería a que me lo ajusten. Y tú ten cuidado, eh. Que hay tanto loco suelto que... me preocupa tu trabajo.

—Estaré bien. Sé cuidar de mí misma.

—Ya... y tienes a Daniel.

—No empecemos otra vez, Marco... —suspira Vega,

dándole un golpecito en el pecho y deshaciéndose de sus brazos para, ahora sí, largarse antes de que Marco la entretenga más.

Vega aún no tiene ni idea de que el día va a ser de lo más intenso y de que tardará algo más de veinticuatro horas en regresar a casa junto a su marido, con lo mucho que parece necesitarla, el pobre.

Una pareja que paseaba ayer por la tarde por los alrededores del embalse Molino de la Hoz, en las Rozas, halló el cadáver de Miriam Castro, la sexta víctima del Descuartizador, paciente del centro privado de atención psicológica Mia. Al igual que las otras cinco víctimas, era atendida por el psicólogo José Gago, que en un principio fue el principal sospechoso pero que, tras una ardua investigación, quedó descartado, y actualmente está colaborando con las autoridades para resolver uno de los casos de asesinatos en serie más cruentos que se recuerdan en España. La policía asegura tener un par de sospechosos. Curiosamente, hace seis meses el embalse Molino de la Hoz fue el escenario elegido por el Descuartizador para dejar el cadáver de su primera víctima, Samanta Velázquez. Al mes y medio, el cadáver de Laura Ortiz, la segunda víctima, apareció en la Colonia Marconi del polígono industrial de Villaverde. Siempre escenarios distintos. ¿Qué ha llevado al Descuartizador a dejar a la sexta víctima en el mismo lugar que la primera?

El subinspector Daniel Haro espera a Vega con un café y una sonrisa que oculta mucho más que simple compañerismo.

—¿Cómo vas?

—Pues... me ha costado salir de casa, la verdad. Marco está fatal.

«Y te tiene unos celos que no puede con ellos», se calla.

—No me extraña. Otra víctima, también paciente del centro donde trabaja. Dicen que están despidiendo a media plantilla de psicólogos.

—Mmmm...

—Inspectora Martín, subinspector Haro, os requieren en Patones de Arriba —los reclama el comisario Antonio Gallardo, saliendo del despacho con sus aspavientos habituales.

—¿Qué ha pasado? —pregunta Vega.

—¿Dónde está Patones de Arriba? —quiere saber Daniel, frunciendo el ceño.

—Si los crímenes del Descuartizador os parecen la hostia de sanguinarios, lo que os espera en Patones de Arriba está sacado de *Saw*.

«No me lo imagino viendo películas como *Saw*, comisario», se muerde la lengua Daniel.

—De momento, id vosotros dos. Los agentes Palacios y Hernández irán más tarde —les ordena Gallardo antes de hacerles un pequeño resumen de lo que ha ocurrido esta madrugada.

La historia de Maya

Todos los matrimonios tienen secretos. El de Maya con su marido Nico, lo conocerás en breve. Pero antes hay que recapitular un poco en la historia de su vida para entender de dónde le viene a Maya esa afición *secreta* a espaldas de su marido.

Desde que Maya encontró la cabeza decapitada de su amiga Cristina en 2002, ocultó a los investigadores y a sus allegados que, un año después de su asesinato y aún con el trauma a cuestas, alguien le metió un sobre en la mochila. Por aquel entonces y tras haberse tomado casi un año sabático, intentaba seguir adelante con la carrera de Arquitectura que también habría seguido estudiando Cristina si un ser sin alma no le hubiera arrebatado la vida. Pero se le hacía muy cuesta arriba. No era capaz de concentrarse y había materias que no la apasionaban.

Una tarde, al llegar a casa, Maya abrió la mochila y encontró el sobre escondido entre dos libros que había cogido de la biblioteca, *El arte de proyectar* y *Forma, espacio y orden*. Algo extrañísimo. Abrió el misterioso sobre que alguien le debió de meter en la mochila en algún momento en el que ella, confiada, se alejó de la mesa de la biblioteca en la que se había instalado para echar un vistazo a algún libro. Cuál fue su sorpresa al ver que, dentro del sobre, la esperaba la última foto que se hizo con Cristina antes de que le arrancaran, literalmente, la vida. Reconoció el antro oscuro al instante. Recordó

25

vagamente la banda *heavy metal* que tocaba en una tarima de reducidas dimensiones, las paredes pintadas de negro, la barra metalizada con luces de neón. Pero fue incapaz de recordar quién les hizo esa fotografía, quién estaba detrás del objetivo de una desfasada cámara analógica inmortalizando su alegría e inocencia prematuramente marchitas. Ese momento era, y sigue siendo para Maya, niebla en su cerebro, y la foto un recordatorio de lo que había perdido.

Ahora, mientras mira la foto colgada en un corcho de su habitación *secreta* de la casa rural que regenta en Patones de Arriba, piensa que el sobre que tiró a la basura aún conservaba las huellas del asesino de su amiga. Quizá, pese a haberla recibido en 2003, hace dieciocho años, todavía haya algún rastro del sádico criminal en esa foto, la encargada de congelar en el tiempo un instante irrepetible.

El caso es que se lo tomó como una amenaza. Le entró el miedo, la paranoia se apoderó de su mente, ya de por sí quebrada. El asesino de Cristina la había encontrado. La siguiente sería ella. Mejor quedarse callada. Pero nada de eso ocurrió. Quizá no se la dejara el asesino. A lo mejor alguien creyó que le gustaría tener un último recuerdo de su mejor amiga, y prefirió hacerlo a escondidas, sin dar la cara.

Todo parecía ir bien. La rutina era cómoda. Había conocido a gente nueva, pero lo cierto era que, cada vez que le proponían quedar por la noche o ir a tomar una cerveza, Maya decía que no. Su vida social era nula. De la universidad a casa y de casa a la universidad, siempre alerta, con ojos en la nuca.

Hasta que en el primer aniversario del asesinato de la Dalia Negra española, la prensa empezó a acosar a Maya como no lo habían hecho antes. Insinuaron que el asesinato de Cristina fue uno de los primeros casos conocidos como *snuff movie*. Qué horror. Se especuló que se había pagado mucho dinero por su distribución, que en algún lugar debía de estar la película en la que Cristina era la protagonista de su propia masacre. La curiosidad y el morbo que despertó su asesinato estimuló a mucha gente. Crearon conjeturas locas, falsas, y hasta escribieron libros inspirados en lo ocurrido. La cara de Maya, esa *mala amiga* que abandonó a Cristina abocándola a la muerte, como si la mano que sujetaba el hacha no encontrada que dicen que la descuartizó fuera la suya, apareció en cientos de titulares que hoy, digitalizados y compartidos a diario en las redes sociales, siguen dando la vuelta al mundo. Es, a menudo, tan protagonista como Cristina de podcasts, documentales *true crime* que reviven los hechos... hay pesadillas que nunca acaban, sucesos que se eternizan por quienes se empeñan en no olvidar.

Así es como Maya se encerró en sí misma. Dejó la carrera a finales del año 2003, y, unos meses más tarde, se fue de Madrid. Atraída por una oferta de trabajo en una casa rural con alojamiento incluido, llegó a Patones de Arriba en abril de 2004. Tenía veintiún años, poco dinero y ningún plan. Pero las cosas empezaron a mejorar. Le gustaba su trabajo en la casa rural La Cabaña, que, por aquel entonces, regentaba Matilde. Cuando la entrañable mujer se jubiló en 2015, le ofreció a Maya la posibilidad de llevar las riendas del negocio. No se lo pensó dos veces. Le encanta la casita rural de seis habitaciones ubicada en la pintoresca calle del Arroyo Subida. La gente que venía desde todos los puntos de España solía ser encantadora, y con algunos aún mantenía el contacto.

Así que, diecisiete años más tarde, Maya sigue en Patones de Arriba, esta villa pintoresca a una hora de Madrid, de la que no piensa largarse nunca. Sus casas de pizarra negra y sus callecitas sinuosas empedradas nos transportan a otra época. Cuando Maya se resignó a pasar el resto de sus días sola, sin más compañía que la de los huéspedes de la casa rural, apareció Nico. Fue en verano, año 2017. Las ruinas de piedra de las antiguas chozas de pastores situadas en el monte fue una de las muchas atracciones de la zona que condujeron a Nico hasta Patones de Arriba.

Nico, que había estudiado Arquitectura con Maya, fue quien la reconoció en el acto.

—No puede ser.

—¿Perdón?

—Eres Maya. Maya Herrero.

Maya dio un respingo tras el mostrador. No, otra vez no... Una pareja que se había alojado la semana anterior la había reconocido, algo insólito teniendo en cuenta que las fotos que circulaban de Maya poco o nada tenían que ver con la mujer en la que se había convertido, y, aunque fueron amables y empáticos, no podía volver a ocurrirle.

—Estudiabas Arquitectura, yo también. Coincidimos en varias clases, ¿no te acuerdas?

Maya lo miró con extrañeza, intentando ubicarlo. Le resultaba muy familiar, sí, lo recordaba vagamente, pero...

—Lo siento, abandoné la carrera al poco de empezar, no tengo muchos recuerdos de esa época.

—Pues sí. Yo me acuerdo de ti, sé que dejaste le universidad y... Bueno, soy Nico.

—Nico —sonrió Maya—. Encantada. ¿Tú acabaste la carrera?

—Sí. Al acabar abrí un estudio de Arquitectura en Madrid. Me hablaron de este pueblo, de la cueva del Reguerillo, las ruinas del Pontón de la Oliva, la ermita de la Virgen de la Oliva y el monte que aún conserva las piedras de las chozas de los pastores —recitó Nico de memoria—. Gajes del oficio, ya sabes, es imposible desconectar.

Maya había perdido ese entusiasmo por la arquitectura que Nico desprendía, así que, de un impulso, le propuso:

—Pues... yo podría llevarte a esos lugares. O sea, no como trabajo, me ayuda una chica que puede sustituirme unas horas, sino como... bueno, no sé, que podría ir contigo —rio, con una timidez que a Nico le resultó encantadora.

Y es que la soledad pasa factura, ¿verdad, Maya?

Maya encontró en Nico una especie de refugio confortable. Sintió hacia él una familiaridad inmediata, además de una evidente atracción, como si ya se conocieran, aunque no lo recordara. Fueron los mejores días de su vida, hacía tanto que no se lo pasaba tan bien con alguien... el día a día se hacía más ameno sabiendo que iba a compartirlo con Nico.

A las dos semanas, cuando Nico tenía previsto volver a Madrid, a Maya, que no había pegado ojo en toda la noche, le resultó insoportable imaginar su vida sin él, así que dio el primer paso y lo besó. Fue correspondida. En realidad, Nico reconocería más adelante que Maya le había gustado desde que la había visto en la universidad. No se había atrevido a acercarse a ella, así que fue un palo cuando un día, de repente, no volvió, y menuda alegría se llevó al encontrársela tras el mostrador de la casa rural. Empezaron a salir, aunque no fue fácil. Nico seguía viviendo en Madrid y solo subía a Patones de Arriba los fines de semana y los puentes para estar con Maya, que se negaba a bajar a la ciudad.

—¿Pero por qué? —preguntaba él extrañado. Parecía no entender el odio que Maya sentía por Madrid. Por las ciudades grandes, en general, por el ruido, el bullicio... no tenía pensado irse nunca del pueblo que tan bien la había acogido.

Al final, Maya tuvo que contarle lo que le pasó a Cristina. Nico se quedó impactado, algo había leído, es horrible, qué mal lo debiste de pasar... pero no volvió a mencionar el tema. Sabía cuánto le dolía a la mujer que estaba destinada a convertirse en su esposa en verano de 2018, solo un año después de que el destino los hubiera reunido de nuevo (aunque Maya no lo recordara). Celebraron una boda íntima e informal, sin papeleo de por medio, pero con la constatación que ambos necesitaban para formalizar la relación: eran marido y mujer. Unidos hasta que la muerte los separara.

Nico se trasladó al pueblo, pero sigue teniendo su estudio de arquitectura en el centro de Madrid, por lo que sus viajes son tan constantes, que se pasa más horas en el coche yendo de un lado a otro que en el pueblo con Maya. Viven en la última planta de la casa rural, en un pequeño apartamento donde tienen todo lo que necesitan. Las seis habitaciones donde se alojan los huéspedes están repartidas entre la primera planta y la segunda. En la primera planta también se encuentra la recepción y el comedor-salón que hace las veces de biblioteca. La chimenea en invierno es el gran reclamo, así como el tradicional horno redondeado que muchas viviendas aún conservan, y donde los moradores originales elaboraban pan y dulces. Sin embargo, el pequeño apartamento de Maya y Nico no es bien bien la última planta... Y es que las casas antiguas están tan llenas de secretos como los matrimonios. En la casa existe una pequeña buhardilla de apenas siete metros cuadrados con una entrada secreta desde el falso fondo que Maya instaló en el armario empotrado. Solo ella conoce esa estancia. Ahí es donde Maya esconde su secreto. Es el lugar donde desde hace un año lleva una doble vida, una vida muy privada que no va a tardar en explotar.

Patones de Arriba, dos semanas antes

—Vale, pues aprovechando que mi marido estará en Huesca, os venís una semana, analizamos cada crimen, y así nos conocemos en persona —les propuso Maya a sus amigos con entusiasmo—. Hay mucho que hacer —añadió, desviando la mirada de la cámara del ordenador para centrarla en la foto colgada en el tablón de corcho. La misma foto que alguien introdujo en un sobre que terminó en su mochila dieciocho años atrás. Junto a esa foto, ahora hay muchas más amontonadas… Son fotos de desconocidos con un final tan horrible como el de Cristina.

La pandemia por COVID pilló a Nico en Barcelona, donde se tuvo que quedar seis semanas. A Maya no le quedó más remedio que cerrar la casa rural, y nunca antes se había sentido tan sola, aunque fuera lo que andaba buscando en un pueblo tan pequeño como Patones de Arriba. Así fue como empezó a coquetear con la *Deep Web*, tratando de encontrar sin éxito la *snuff movie* del asesinato de Cristina que aseguraban que existía, aunque nadie la hubiera visto. Al principio se conectaba desde el mostrador de recepción, para luego subir el portátil a su cuarto secreto. No todo es tan malo en la temida red oscura. Conoció a gente, congenió con unos pocos, y, en un par de semanas, se unió a un grupo de lo más friki de ciberinvestigadores aficionados. Su contacto, hasta ahora, era estrictamente virtual, aunque Maya siente que los conoce de toda la vida. Las quedadas por Zoom unen mucho. Ellos, con más experiencia que Maya pese a lo jovencísimos que son, llevan años investigando en la sombra que otorga internet asesinatos sin resolver y misteriosas desapariciones. Facilitan pistas fiables a familiares desesperados, a detectives privados, e incluso han llegado a colaborar con las autoridades pertinentes. Maya no se atreve a dar ese paso, temerosa de que Nico descubra en qué anda metida desde hace más de un año, y no contacta con nadie pese a hacer sus propias averiguaciones.

De los cuatro amigos, Bruno, el último en unirse al equipo, es con quien Maya tiene una relación más especial. Siente mucha afinidad hacia él, quizá porque es más mayor, más maduro que el resto. Es experto en encontrar todo tipo de material gracias a sus conocimientos informáticos. Y el único que sabe que Maya es la «famosa» amiga de la Dalia Negra española, aunque es posible que los demás también lo sepan, que la hayan reconocido y buscado y se lo hayan callado para no añadir más dolor al dolor. Un día, Bruno se armó de valor y le propuso buscar ese vídeo que aseguran que existe sobre el asesinato de su amiga.

—Quizá así descubramos quién lo hizo, Maya —la quiso animar, con su voz grave, tan distinta a la de Nico, tan fuerte y tan… Si a Maya se le pone la piel de gallina con solo escucharlo, ¿cómo será tenerlo delante, poder tocarlo, abrazarlo…?

—No… No, Bruno, mejor que no…

Aunque en su fuero interno, Maya se moría de ganas. Al fin y al cabo, se había metido en la *Deep Web* con la intención de encontrar ese mismo vídeo que Bruno le estaba proponiendo buscar. Lo cierto es que la parte retorcida que había empezado a adueñarse de ella después de ver todo tipo de material violento y real, era la que sí se moría por ver ese vídeo. Porque la realidad, Maya lo había vivido en su propia piel, siempre supera a la ficción.

Patones de Arriba, tres días antes
Lunes, 17 de mayo de 2021

Maya esperaba en la entrada de la casa rural la llegada de Alina, Izan, Sonia y Bruno. Era un amasijo de nervios, especialmente por el encuentro (por fin) con Bruno. Si en persona la miraba como la solía mirar en las quedadas por Zoom, no se hacía responsable de sus actos… a pesar de Nico.

Esperaba que no se perdieran por el camino. La gente

suele confundir Patones de Arriba con Patones, que es el mismo pueblo pero se encuentran a cinco kilómetros de distancia.

Tenía tantas ganas de verlos en persona, no a través de una fría pantalla de ordenador... sobre todo a Bruno, claro, y, al volver a pensar en él, como si no lo hiciera suficientes veces al día, sintió un pellizco en el vientre.

Iban a compartir la casa rural que Maya había cerrado expresamente durante esos siete días al público, para indagar en los asesinatos en serie que estaban en boca de todos. Para los ciberinvestigadores era una especie de competición, algunos incluso aseguraban ir un paso por delante de la policía, aunque podía tratarse de un farol para colgarse medallas que no merecían. Esta obsesión por ver *quién resolvía el misterio primero*, empezó cuando encontraron a la primera víctima en un embalse de las Rozas en noviembre de 2020, con la cabeza decapitada, algo que sobrecogió a Maya por razones evidentes. A las dos semanas, y aprovechando que Nico estaba en Madrid, Maya quedó con Bruno por Zoom. Solos ellos dos.

—Ey, ¿estás bien? —se interesó Bruno—. Si quieres, si te trae malos recuerdos... les digo que paren y volvemos a centrarnos en el misterio de la mujer del ascensor.

—No. No, está bien. —Maya tragó saliva, contuvo el llanto, balbuceó—: Bueno, se les da bien unir los rompecabezas, pueden ser de ayuda para pillar a ese... a ese psicópata —añadió, con la cabeza decapitada de Cristina en mente, cuando el Descuartizador aún no tenía ese mote ni se trataba de un asesino en serie.

Le siguió una segunda víctima, una tercera, una cuarta y una quinta hace poco más de un mes. De momento. Los integrantes del grupo destinado a dispersarse en tres días, aún no sabían que la sexta víctima del Descuartizador al que iban a diseccionar, estaba al caer.

CAPÍTULO 3

Madrid, 1997

Todos, crueles, se dieron la vuelta para escudriñar a la chica rara que entraba en clase con la mirada perdida en el suelo y un vestido similar al de las terroríficas muñecas de porcelana que las abuelas tenían por casa. Parecía sacada de una película de terror.

¿De qué siglo viene?

¿De dónde ha salido?

¿Ya es carnaval?

Ja, ja, ja.

¿En qué momento creyó que los tirabuzones estaban de moda?

Le falta la gemela para imitar la escena del pasillo de *El Resplandor*, ¿habéis visto esa peli? Te cagas de miedo.

Ja, ja, ja.

¿Y ese vestido? Parece sacado de *La casa de la pradera*.

Ja, ja, ja.

Los comentarios, a cuál más hiriente, las risas indiscretas y la mirada de la profesora, que en sus pensamientos más ocultos dedujo que le faltaba un hervor, María se sentó en el único pupitre que quedaba libre. A su espalda, cuchicheos que pronto se convertirían en abucheos, en minutos de recreo insoportables encerrada en el cuarto de baño para que no la increparan. En la mesa de al lado, una chica de cabello negro anudado en una coleta alta, de grandes ojos color miel y espesas pestañas, la miró de reojo con curiosidad. María le devolvió la mirada aterrada.

«¿Qué piensa hacerme?», pensó.

En la aparente curiosidad de la chica no percibió ninguna inquina. Le sonreía franca, sin malicia. Tenía una boca preciosa. Era la chica más guapa que María había visto en su vida.

—Me llamo Maya —le susurró, antes de que la profesora, escribiendo algo en la pizarra, se girara y las descubriera hablando.

—Yo... Yo... me... llamo...

Maya la miró con las cejas enarcadas pero sin dejar de sonreír, como para insuflarle ánimos. La respuesta se quedó suspendida en el aire lo que a María se le antojó una eternidad.

«Vamos, dile cómo te llamas, no es tan difícil».

—Me llamo... María —se presentó al fin, haciendo un gran esfuerzo para no titubear.

—Encantada, María —dijo Maya en un siseo, volviendo a centrar la atención en la profesora.

Era la primera vez que alguien trataba a María así de bien. Gracias a Maya, dejó de escuchar los comentarios maliciosos del resto y un calor placentero se apoderó de su vientre.

«¿Qué sensación es esta?», se preguntó María, mientras sacaba el material escolar de la mochila sin dejar de mirar con fascinación a Maya, su nueva (y única) amiga, así lo decidió en aquel momento.

CAPÍTULO 4

Patones de Arriba
Jueves, 20 de mayo de 2021

—A ver, esto es Patones —indica Daniel, parando el coche en mitad de una avenida llamada Juan Prieto.

—Aquí no es. Tenemos que ir a Patones de Arriba, la calle... mmm... del Arroyo Subida, que, por lo que veo en el GPS, es la misma que conduce a la zona de aparcamiento y de ahí nos toca ir andando. Así es como también se llama la calle donde está la casa rural.

—Vale. ¿Y cuál es la diferencia? Patones, Patones de Arriba... ¿No es lo mismo?

—Que no es aquí, Daniel, que esto es Patones, pero no Patones de Arriba, que es, como su nombre indica, hacia arriba. Tiene su lógica. Además, esto no tiene nada de pueblo medieval. Sigue adelante. Gira a la izquierda, unas pocas curvas y llegamos.

—¿Tú eres más de pueblo o de ciudad? —pregunta Daniel sin venir a cuento, volviendo a arrancar el coche para, seguidamente, adentrarse en las sinuosas curvas que conducen a Patones de Arriba.

—Depende.

—De qué.

—Pues no me desagradaría vivir en un pueblo, la verdad. Ya sabes lo mucho que me tira Galicia, y un pueblecito con mar a las afueras de Vigo o de A Coruña estaría genial. Pero Marco es demasiado cosmopolita. A él le encanta la ciudad. Adora Madrid.

—Ya. A Sara sería imposible sacarla de Madrid.

«¿Y si los presentamos?», le gustaría proponer a Daniel, harto de vivir en una mentira en la que cada vez le cuesta más creer. Desde que hace tres años empezó a trabajar codo con codo con Vega, nada ha vuelto a ser lo mismo en su relación con Sara, con quien lleva saliendo desde que eran adolescentes.

—¿Ya se le pasó el cabreo? ¿Por qué era esta vez? —se interesa Vega, pero solo porque Daniel le confesó hace unos meses que Sara le tenía celos. A fin de cuentas, Vega pasa más tiempo con Daniel que su propia mujer, así es este trabajo, sin horario ni rutinas, algo que a Marco también le crispa los nervios de acero que tan bien sabe controlar, como la mayoría de psicólogos (o eso dice él).

—Es que Sara vive cabreada con el mundo. Hay veces que no sé ni por qué discutimos. Tampoco sé qué hago con ella, porque cada vez que llego a casa me pregunto con qué me va a salir esta vez —reconoce Daniel, echándole una mirada de reojo a Vega de lo más insinuante, acompañándola de esa sonrisa de medio lado que suele tener bastante éxito cuando sale por ahí (sin Sara). Pero, una vez más, el subinspector lamenta que Vega ni se percate de lo que de verdad se le pasa por la cabeza a él, así que asume la derrota dejando ir un suspiro—. Creo que es aquí. ¿Entramos en el pueblo con el coche o aparco?

—Aparca. Las calles de estos pueblos son demasiado estrechas, lo último que queremos es quedarnos atascados.

Patones de Arriba, con una entrada de cuento bien cuidada para los numerosos turistas, les da la bienvenida bajo un cielo despejado, típico día primaveral de mediados de mayo. Vega se quita la cazadora tejana mientras camina junto a Daniel en dirección a la casa rural La Cabaña. Como es entre semana y aún falta para las vacaciones de verano, las callejuelas están desiertas; en Patones de Arriba viven menos de cincuenta personas, la mayoría ancianos. Dejan atrás la antigua iglesia de San José, en la Plaza del Llano, la primera edificación de caliza datada del siglo XVII con la que se encuentra el visitante cuando se adentra en el pueblo, hoy convertida en Oficina de Turismo del Ayuntamiento de Patones. Cuando sus habitantes se trasladaron a Patones de Abajo o Patones a secas, el templo religioso cayó en desuso. A Vega le parece increíble que en un pueblo donde se respira tanta paz, historia e incluso magia entre sus calles empedradas flanqueadas por casitas de piedra, se haya cometido un asesinato atroz que recuerda mucho a los del Descuartizador en Madrid y alrededores, pero con una diferencia: de momento, solo han hallado la cabeza de la víctima. El resto del cuerpo, no. Todavía no lo han identificado, solo saben que se trata de un hombre de veintiséis años, por lo que tienen la seguridad de que aquí no ha actuado el famoso Descuartizador. No es su perfil. Además, hay tres personas cuya desaparición denunció el día anterior Maya Herrero, la mujer que regenta la casa rural donde ha aparecido la cabeza decapitada.

—Pues sí, menos mal que no hemos entrado en coche —suelta Daniel, en vista de lo estrechos que son los caminos, en el momento en que Vega se detiene para asegurarse de que no se equivocan de trayectoria. Tras mordisquearse una uña, qué mal vicio, inspectora, siguen adelante y giran a la derecha, donde la entrada de la casa rural los recibe envuelta en buganvillas con dos agentes de la Guardia Civil apostados en la puerta—. Buenos días. Inspectora Vega Martín, nos envían desde Madrid —se presenta, mostrando su placa.

—Subinspector Daniel Haro.

—Buenos días, soy el agente Navarro. Pasen, por favor —les dice, acompañándolos al interior de la casa, más grande por dentro de lo que parece desde el exterior—. Hace diez minutos que los de la científica han empezado a trabajar y… bueno, miren ustedes mismos.

Por el horror que muestran sus caras, parece que Vega y Daniel sean novatos y no hayan visto un cadáver en su vida, pero es que lo que aparece ante ellos cuando un compañero de la científica se aparta del mostrador, alteraría hasta al más veterano de los policías. Se trata de la cabeza decapitada de un hombre joven, algo que ya esperaban, con la cara llena de cortes post mortem. Parece una máscara. Una broma macabra. El comisario Gallardo tenía razón cuando ha dicho que el crimen es aún más espeluznante que los seis que hasta la fecha ha cometido el Descuartizador.

—Cruces —medita Vega—. Los cortes de la cara son cruces y el corte del cuello es limpio. Distinto al Descuartizador, que lo deja todo hecho un cristo —matiza, a medida que se acerca a la cabeza. El joven tiene los ojos cerrados, el gesto sereno, como si la muerte lo hubiera pillado durmiendo. Ahora, les ha pasado a otros equipos, todo lo comparan con los crímenes del Descuartizador, como si el asesino aún sin descubrir fuera el tema del momento, la moda pasajera. Qué odiosas son las comparaciones.

—¿Es que por un momento pensaste que podía ser el Descuartizador? Porque yo no. Estamos ante un asesino igual de cruel, pero más limpio. ¿Más experto? —se pregunta Daniel, colocándose al lado de Vega e inspeccionando con detenimiento la cabeza—. ¿Un hacha?

—Es posible —medita Vega—. No parece que sea

su primera vez. Daniel, hay que investigar algún otro asesinato similar que quedara sin resolver. Hombres, mujeres... decapitados, con cortes en la cara. La cabeza la dejan al alcance de cualquiera o de una persona en concreto, como en este caso, que la han dejado expresamente aquí para que la mujer que regenta la casa rural la descubra, y el resto del cuerpo lo ocultan.

—Vale, me pongo a ello.

—¿Lo han podido identificar? —pregunta Vega, dirigiéndose al agente Navarro, que se ha quedado en un segundo plano detrás de ellos.

—Estamos en ello, inspectora. Maya Herrero, la mujer que administra la casa rural, nos ha dicho que se llama Izan, pero no sabe su apellido.

—¿Era un huésped?

El agente se encoge de hombros. Si fuera un huésped, la mujer debería tener sus datos, piensa Vega.

—¿Puedo hablar con Maya?

—Se encuentra en el salón, pero está en estado de shock, inspectora, no hemos sido capaces de sacarle nada. Horas antes de encontrar la cabeza de su amigo, denunció la desaparición de otros tres, Alina, Sonia y Bruno, que llegaron al pueblo el lunes al mediodía. Tampoco supo decir sus apellidos, no constan en la denuncia.

—¿Qué les dijo Maya? —quiere saber Vega.

—Estaba muy nerviosa. Tras su llamada, nos presentamos aquí y no atinaba con las palabras. Solo dijo que la noche anterior se fueron a dormir sobre las once y que, al despertar, todos sus amigos habían desaparecido y era incapaz de localizarlos. Nos llamó a las cinco y veinte de la tarde de ayer, nos presentamos a las seis y cinco, como aparece en los informes. Seguimos el protocolo, no habían pasado veinticuatro horas, así que... —El agente emite un chasquido, como pensando: «Vaya cagada»—. Y esta mañana, temprano, Maya se ha topado con... la cabeza. Sin embargo, perdonen que me meta, no es la primera vez que Maya vive algo así. ¿Les suena el caso de la Dalia Negra española?

Vega y Daniel se miran con gravedad, cayendo en la cuenta de la semejanza del crimen con el de la Dalia Negra española del que aún, pese al tiempo transcurrido, se sigue hablando. Por aquel entonces, los inspectores eran adolescentes, Vega tenía dieciséis años y Daniel diecisiete recién cumplidos, así que les ha sido impensable relacionar ambos crímenes con tantos años de diferencia.

—Han pasado muchos años —dice Daniel.

—¿Veinte? —tantea Vega.

—Diecinueve —resuelve el agente Navarro, unas cuantas primaveras más mayor que los inspectores que tiene delante. Acababa de entrar en la Guardia Civil y se acuerda de ese crimen como si hubiera ocurrido ayer, porque fue muy sonado. De hecho, sigue siéndolo, lo recuerdan de vez en cuando como uno de los crímenes más terribles—. Fue en verano de 2002. Maya era amiga de Cristina, Cristina Fuentes, conocida como la Dalia Negra española. También fue Maya quien encontró la cabeza decapitada de su amiga. Se la dejaron en el portal del edificio en el que vivía, asegurándose de que Maya fuera la primera en encontrarla. La chica llegó sobre las cuatro de la madrugada y, al cabo de unas horas, hallaron las partes del cuerpo de Cristina en un descampado cercano.

—Entonces, esto no es una cruzada personal contra las víctimas o contra Izan, que es, de momento, el único que ha aparecido —cae en la cuenta Vega, clavando los ojos en la cabeza decapitada, en las cruces trazadas en la cara azulada, del todo demacrada e irreconocible. Internamente teme, con la afilada intuición que la caracteriza, que irán apareciendo el resto de cabezas y que llegan tarde para evitarlo—. Esto parece una cruzada personal contra Maya.

CAPÍTULO 5

Madrid, 1997

María no podía dejar de pensar en Maya. Era imposible arrancársela de la cabeza. Tal era su obsesión, que hasta se le aparecía en sueños, pero mejor soñar con ella que con la bruja de su madre.

—¡María! —la llamó la madre—. ¡María, ven aquí, que quiero ver cómo tienes el pelo!

Le había crecido. En poco más de dos semanas, tenía las raíces oscuras, y el pelo de estropajo ya no era rubio platino, sino naranja. Un desastre. María quería que se la tragara la tierra, ningún lugar era seguro para ella. Ni su casa, ni el instituto... de no ser por Maya, el milagro que había deseado a lo largo de su miserable y breve existencia, María se habría tirado de un puente.

—¡Estoy ocupada, mamá!

La madre tardó medio segundo en abrir la puerta con violencia haciendo temblar la vitrina de las muñecas de porcelana que se reían de ella. Siempre se reían, las muy zorras; a María no se le iban las ganas de estampar sus caritas contra el suelo hasta reventarlas.

—¡A mí no vuelvas a decirme que no tienes tiempo para mí, María! —la amenazó la madre, abriendo tanto sus ojos de sapo que parecía que se le iban a salir de las cuencas—. Ven, vamos a teñir, que he comprado un nuevo tinte.

El nuevo tinte resultó ser de color rosa. Rosa chicle. Rosa el pelo, rosas las cejas. La madre nunca se había atrevido a tanto. ¿Pero qué sacó María al intentar rebelarse, al escupirle en la cara y a gritarle que no, rosa no, rosa nunca? Un buen golpe en las costillas. Un moratón del tamaño de un melón en el vientre. Un dolor palpitante al sentarse, al tumbarse, al doblarse, que no desaparecería hasta un par de semanas más tarde.

—¿Eso es lo que quieres? ¿Quieres matar a tu madre? —le seguía preguntando el fantasma del niño José María cada noche, cuando María escribía en su diario—. Hazlo, no pasa nada, se quedará atrapada aquí para siempre y nosotros le haremos compañía. No estará sola. Y a ti no podrá hacerte más daño. Hazlo, hazlo, mátala. Todos seguimos aquí. No podemos irnos.

—¿Si todos seguís aquí, por qué solo te veo a ti?

El niño se encogió de hombros y se desvaneció. A él le gustaba preguntar, no que le hicieran preguntas.

Al día siguiente, María apareció en el instituto con el pelo rosa. Ese día, hasta la profesora la miró mal. En la mirada de quien se suponía que debía ayudarla y apoyarla,

María vio el desprecio al que, lamentablemente, se había acostumbrado. Que la consideraran un bicho raro era tan natural como respirar.

María no tardó ni diez minutos en notar los numerosos golpes en la nuca de bolitas de papel procedentes de todas partes. Y susurros. Cuchicheos. Los cuchicheos eran lo peor, la hacían sentir tan mal…: anormal, adefesio, loca, zorra, asquerosa, hueles mal, apestas, muérete.

Muérete. Muérete. Muérete.

En el pupitre de al lado, Maya la miraba sin saber cómo salir en su defensa, y era normal, porque temía que también la increparan a ella. Aprovechando que la profesora estaba escribiendo en la pizarra un soneto de Shakespeare y les daba la espalda, Maya extendió el brazo y colocó su mano encima de la de María con la intención de tranquilizarla. Porque la veía, Maya la veía de verdad, y sabía que María estaba a punto de romperse.

—Tranquila. Tranquila, no pasa nada, yo estoy contigo.

Pero lo cierto era que Maya no podía estar con ella. Porque, cuando saltaba el timbre y salían del aula, Maya era de Cristina. Esa puta la tenía tan absorbida… era tan manipuladora, tan tóxica… Solo quería a Maya para ella, no dejaba que se relacionara con nadie más. Ese mismo día, María alcanzó a escuchar que Cristina le decía a Maya:

—¿Pero por qué te da pena? Si es una loca, una perturbada, ¿es que no lo ves? Esos vestidos, ese pelo…

se nota que…

—Cállate, Cristina. Cállate. No tenéis corazón —rechistó Maya, alejándose de Cristina y yendo en dirección al lavabo de chicas. Era la primera vez que las veía discutir.

María siguió a Maya hasta el lavabo. Miró a ambos lados del pasillo antes de entrar y, como no venía nadie, abrió la puerta. Vio a Maya frente al espejo. No hacía nada, solo… solo se miraba, como si no le gustara lo que veía. Era la chica más guapa del instituto, ¿cómo era posible que se estuviera mirando así, como si se viera mil defectos en su cara perfecta y preciosa?

—María. Hola —la saludó Maya, cortada.

—¿Estás bien?

—¿Yo? ¿Por qué no iba a estarlo? —se extrañó Maya.

—Te he visto discutir con…

—Cristina.

—Eso, Cristina. —María hizo ver que no recordaba su nombre, cuando lo cierto era que Cristina se repetía varias veces en las páginas de su diario. Y no para bien. Deseaba que muriera. O matarla. Como deseaba que muriera (o matar) a la loca de su madre—. ¿Qué os ha pasado? —se interesó María, empleando su voz más dulce, esa que mamá le decía que usara más, que así es como se conquista a la gente, y no había nada que deseara más que conquistar a Maya.

—Nada, solo que a veces no estamos de acuerdo en algo o… o no nos entendemos. Pero no es nada, de verdad, son cosas que pasan.

—Me estabas defendiendo —soltó María sonriente, triunfal.

—¿Eh?

—Que me estabas defendiendo —repitió, creyendo que Maya no la había escuchado. A veces hablaba tan bajito…—. Y te lo agradezco. Eres la única persona buena que hay en este instituto.

—Yo no diría tanto.

—De verdad. Para mí eres especial. Así que… gracias.

Maya se sonrojó y agachó la cabeza, evitando el contacto visual con María.

—¿He dicho algo malo? —se preocupó María.

—No, no, nada malo, al contrario. Pero es supertarde y me tengo que ir. Nos vemos, María.

«La has asustado. La has cagado, como dicen aquí. No puedes ser como tu madre te dice que seas. No tendrías que haberle dicho que para ti es especial, pedazo de inútil», se reprochó en silencio, mirando con asco el reflejo que le devolvía el espejo. Sentía tanta pero tanta animadversión hacia sí misma, que se llevó las manos a la cabeza y estiró y estiró y estiró hasta que se arrancó un par de mechones rosas.

CAPÍTULO 6

Patones de Arriba
Jueves, 20 de mayo de 2021

Vega y Daniel dejan atrás la zona de recepción, donde cinco compañeros de la científica se quedan peinando el lugar. Pasan por un comedor con cuatro mesas, cada una de ellas para seis comensales, y cruzan un arco revestido de madera que los conduce a un cálido y confortable salón recubierto de estantes hechos a medida a rebosar de libros. Cuando llegue la agente Begoña Palacios, ávida lectora, no va a querer salir de aquí.

Maya está sentada en un sofá de terciopelo verde que hay frente a una chimenea de piedra antigua. La encuentran un poco encorvada hacia delante, con la cara enterrada entre las manos. Vega y Daniel se acercan a ella, pero no levanta la mirada.

—Maya —la nombra Vega con delicadeza, con la humanidad que requieren este tipo de sucesos tan traumáticos, especialmente conociendo parte del pasado de la mujer destrozada que tienen delante—. Maya, soy Vega, y este es mi compañero Daniel. Venimos de Madrid, trabajamos en el Departamento de Homicidios.

Nada. Maya sigue sin reaccionar ni mostrarles la cara. Apenas se mueve.

—Maya, tenemos que hablar... —dice entonces Daniel, y es posible que su voz grave le recuerde a la de alguien, porque Maya reacciona, y lo hace de sopetón, como si esperara encontrar a alguien en concreto, pero la decepción es palpable en el gesto que compone. Da la sensación de que está desubicada, perdida. Daniel no es la persona que Maya esperaba ver.

—Nunca tuvieron que venir. Nunca tuvieron que venir.

Patones de Arriba, tres días antes
Lunes, 17 de mayo de 2021

Para calmar los nervios, Maya se puso a barrer los pétalos de la buganvilla que, si bien es preciosa y alegra el arco de piedra de la entrada de la casa rural por la que trepa, da mucho trabajo. La entrada de grava siempre está llena de hojas, da igual la época del año en la que se encuentren.

«Alina, Izan, Sonia y Bruno se han perdido», pensó Maya, en vista de que le habían dicho que llegarían sobre las once y ya eran las doce del mediodía. Seguro que andaban por Patones preguntándose qué tiene ese pueblo de medieval, en lugar de recorrer el sendero flanqueado de olivares que los conducirá hasta ella.

Quedaron en venir en el coche de Izan desde Madrid. Todos viven en Madrid salvo Alina, que la noche anterior había llegado en tren desde Valencia, y se había quedado a dormir en casa de Bruno, algo que Maya preferiría no haber sabido porque, a ver, no debería sentir celos, está casada, pero Nico casi nunca está, así que... Pensar de esa manera en Bruno no le hacía daño a nadie, ¿no?

Vaya, Maya, dejaste de tener un secreto en el matrimonio para pasar a tener dos.

En el momento en que su móvil vibró en el bolsillo trasero de los tejanos, escuchó unas voces animadas viniendo hacia la casa. El nombre de NICO centelleaba en la pantalla reclamando con insistencia su atención, pero no era el momento. Maya no habría podido contestar su llamada ni aunque hubiera querido porque, en cuanto vio a Bruno aparecer por la esquina, por fin en carne y hueso, todo a su alrededor se desvaneció. En silencio, Maya maldijo al destino. Ojalá hubiera sido Bruno y no Nico quien se hubiera alojado en la casa rural cuatro años atrás.

Bruno se quedó tan parado como Maya, incapaz de reaccionar. Le dedicó una sonrisa, la atravesó con sus ojos oscuros, el tiempo pareció detenerse como ocurre en las películas cuando surge un flechazo en el momento más inoportuno, y fue Alina, la más animada, quien rompió el hechizo con su recurrente:

—¡Hola hola! ¡Por fin hemos llegado! Maya, madre mía, qué ganas tenía de conocerte en persona y qué pasada de sitio, ¿no?

Alina se acercó a Maya y le dio un abrazo efusivo. Le siguieron Izan y Sonia, ambos más retraídos. Tenían un aspecto muy friki que no lo parecía tanto en las quedadas por Zoom. Y, por último, Bruno, que la recorrió de arriba abajo con esa mirada tan suya y tan familiar antes de envolverla en sus brazos.

—Por fin —le susurró él al oído, electrizando a Maya, que solo podía centrarse en la agradable sensación de notar su mano fuerte y áspera acariciando su espalda durante el tiempo que duró el abrazo.

—Vaya, es como si os conociera a todos —dijo Maya, pero esas palabras solo iban dirigidas a Bruno. Y él lo sabía—. Entrad, poneos cómodos, dejad las mochilas en la entrada... os he preparado las tres habitaciones de abajo, así no tendréis que subir escaleras. Alina y Sonia, podéis dormir juntas, o Izan y Bruno... y dos de vosotros solos.

—Bueno... —la interrumpió Sonia con timidez—. Izan y yo somos pareja, así que...

—¡¿*Whaaaaaat?!* —exclamó Alina, con un aire exageradamente teatral.

—Sí, hace unos meses que... —titubeó Izan, recibiendo un suave codazo por parte de Bruno, que soltó:

—Joder, qué calladito os lo teníais. No se notaba nada.

Y al decir ese «No se notaba nada», de nuevo regresaron las miradas entre Bruno y Maya, y él la miró con picardía, aun sabiendo que estaba casada.

CAPÍTULO 7

Madrid, 1997

Desde el encuentro en el lavabo de chicas, Maya no había vuelto a ser la misma. A María le dolía horrores que apenas la mirara ni le hiciera caso. Los chicos seguían cuchicheando a sus espaldas, diciéndole de todo, como si, tras esa coraza extraña, no hubiera sentimientos ni dolor. Le lanzaban bolitas de papel a la nuca con la puntería de un jugador de la NBA y Maya, pese a estar, no estaba. Ya no estaba, la había dejado sola, expuesta, triste.

Siempre iba con Cristina, con otras chicas, todas tan guapas... y normales. Eran normales, no como ella, la repudiada, la anormal. Pero lo peor para María fue ver a Maya con un chico. ¿Cuándo habían empezado a salir? Era un chico alto y guapo, con el pelo negro cortado a capas. Se parecía a los chicos seguros de sí mismos a los que hacía unos meses había visto paseando por la calle, los que fumaban y engullían pipas, lanzando con descaro las cáscaras al suelo.

Se besaban en los pasillos, en la hora del recreo, a la salida de cada clase, salían juntos, él la acompañaba a casa... Eran como lapas, no podían estar juntos sin toquetearse, qué rabia. A María le entraban ganas de vomitar cada vez que veía a ese cabrón metiéndole la lengua hasta la campanilla. Y ella tan feliz, es que no lo comprendía.

Ese chico pecaminoso, como diría la bruja de su madre, había conseguido alejar un poco a Maya de la zorra de Cristina, pero la estaba absorbiendo de tal manera, que hasta sus notas se habían resentido. María lo sabía porque estuvo muy pendiente cuando la profesora le dijo que había sacado un tres y medio en Historia y que, si no espabilaba, tendría que repetir curso. Pero ni por esas dejó de ver al chico y María no podía consentir que echara su vida a perder por él.

¿Qué se había creído? ¿Que Maya era suya? Eso nunca. Maya no sería de él. Ni de Cristina.

Así que María trazó un plan. No era nada personal contra ese chico, lo que pensaba hacer lo hacía por Maya, no por ella. De hecho, era de los pocos del instituto que no la increpaban. María dudaba que el novio de Maya conociera su existencia, ya que iba un curso por delante de ellas, a pesar de no pasar desapercibida y estar en el ojo de todos cada vez que cruzaba el pasillo o entraba en clase.

Estaban a principios de diciembre y anochecía

temprano. El primer trimestre pronto llegaría a su fin y las aulas del instituto se quedarían vacías durante unas cuantas semanas para celebrar las Navidades que María tanto temía. Su madre enloquecía especialmente en Navidad. ¿Qué sería lo próximo? ¿Teñirle el pelo de verde fosforito? ¿Romperle una pierna?

El chico acompañó a Maya hasta el portal de su casa. Se detuvieron lo que a María le pareció una eternidad y no pararon de besuquearse y de manosearse con descaro delante de los transeúntes durante... ¿media hora? ¿Una hora?

«Por favor... Parad ya».

María empezó a impacientarse, amasando con nerviosismo el mango del cuchillo oculto en el bolsillo de su chaquetón rosa que había cogido esa mañana de la cocina. Le sudaban las manos. Llevaba todo el día pendiente del condenado chaquetón. Si el cuchillo se le hubiera caído y alguien lo hubiera visto en el instituto, habría sido su perdición.

Hasta que, por fin, Maya apartó al chico despidiéndose de él con una sonrisa que terminó en risa, la risa más luminosa y contagiosa que María había visto en su vida. Ella podría hacerla más feliz que toda esa chusma que pululaba a su alrededor.

El chico se fue, giró a la derecha, siguió avanzando. Ya era noche cerrada. María lo siguió de cerca, cada vez más cerca a medida que se aproximaban a la zona escasamente iluminada del descampado, vacío a esas horas.

Antes de actuar, María se aseguró bien de que no hubiera testigos.

Se acercó al chico con decisión, pegó el pecho a su espalda, sacó el cuchillo y le clavó la punta afilada una, dos, tres, cuatro... hasta veinte veces con una violencia desmedida en el costado derecho, a la altura de los riñones. Cuando María extrajo el cuchillo de la carne y retrocedió un par de pasos, el chico cayó de espaldas al suelo. Tenía los ojos abiertos y acuosos a punto de apagarse, el gesto de sorpresa congelado en su rostro, la sangre manando de su cuerpo y de su boca sin control...

María lo vio desaparecer. Así, sin más, en pocos minutos. El chico que tanto parecía gustarle a Maya se convirtió en nada, ahora era solo un despojo inservible y sin vida. Vio hipnotizada como la vida se le escapó al joven, y sintió el mismo calor placentero en el vientre que había sentido el día que su mirada se entrelazó por primera vez con la de Maya.

El primer asesinato nunca se olvida.

María regresó a casa feliz y despreocupada, sabiendo que había hecho lo mejor para Maya, a quien adoraba. Lo pasaría mal unos días, unas semanas... un mes, a lo sumo, pero se le pasaría. Todo en esta vida pasa, lo malo y lo peor, y ese chico solo la hubiera llevado a la ruina. Era una mala influencia.

Entró en casa con el cuchillo manchado de la sangre del chico en el bolsillo del chaquetón. No hizo ruido para no molestar a la loca de su madre y así poder escabullirse hasta la cocina. Tenía que limpiar el cuchillo a conciencia, volver a dejarlo en su sitio, como si jamás hubiera salido de ahí, y meter el chaquetón en la lavadora. Nadie se iba a enterar de nada.

—¿María? ¿María, has llegado ya? —le gritó la madre desde el sillón, sin apartar los ojos del televisor—. ¿María? ¡He comprado tinte! ¡Rubio platino, como te gusta, porque creo que el rosa es demasiado cantón!

—Te odio, te odio, te odio —repitió María entre dientes mientras limpiaba el cuchillo—. Te odio, te odio, te odio.

—La próxima será ella, ¿verdad? —le preguntó el niño muerto—. ¿Cuándo tienes pensado hacerlo?

María miró a José María con un brillo distinto en la mirada. Al fantasma le debió de parecer tan maléfica, tan familiar, que desapareció. Así fue como los fantasmas que María no había invocado se largaron. Esas almas atrapadas y perdidas parecían haber conseguido su propósito: contagiarle a esa niña rara el rencor y la ira que habían sentido durante sus últimos instantes de vida.

Con determinación, María acabó de limpiar el cuchillo, salió de la cocina, fue hasta el salón y se plantó frente a su madre.

—Quítate, hostias, que no veo la tele.

—No me vas a teñir más en tu puta vida, loca de mierda —le plantó cara María—. Me voy a rapar el pelo. Te vas a joder. No voy a volver a ser una...

¡ZAS!

La mano de la madre quedó marcada en la mejilla de María. La bofetada fue tan fuerte, tan violenta, que la lanzó al suelo. No contenta con eso, no iba a permitir ni una mala palabra de su muñeca, ¿quién se había creído que era para rebelarse contra ella? ¿Es que ya no la respetaba? Ah, no, eso sí que no, merecía un castigo por cómo se le había encarado. Así que la madre, como poseída por un demonio, se abalanzó contra María y empezó a darle fuertes puñetazos en el vientre, en la cara, en la cabeza, que agarró e hizo rebotar varias veces contra el suelo de linóleo...

La loca de la madre no paró de golpearla hasta que María dejó de moverse.

CAPÍTULO 8

Patones de Arriba
Jueves, 20 de mayo de 2021

—Nunca tuvieron que venir. Nunca tuvieron que venir —sigue repitiendo Maya, cayendo en un bucle que parece no tener fin—. La muerte me persigue —añade, para sorpresa de Vega y Daniel, que memorizan esta última frase, y se preguntan si lo dice por lo que le pasó a su amiga Cristina en 2002 o por algo más.

—Maya, queremos ayudarla —le dice Vega con suavidad, sin conseguir que Maya la mire—. Necesitamos que nos diga cuándo fue la última vez que vio a sus amigos.

Según le dijo a la Guardia Civil, la última vez que Maya los vio fue el martes por la noche, Vega lo sabe. El miércoles ya no estaban. Pero la inspectora necesita que Maya bucee en su memoria, que recuerde, que hable y reaccione, por si se le pasó algo importante que les dé alguna pista. Vega, a la espera de que Maya diga algo, mira a Daniel y sacude la cabeza a modo de negación. No van a poder sacarle nada, ya se lo ha advertido el agente Navarro, está en shock, ida completamente.

El silencio que se ha instalado en el salón como una presencia más, dura poco. Los inspectores alcanzan a escuchar unos pasos precipitados viniendo hacia ellos. Levantan la mirada y ven a un hombre alto y delgado, de cabello castaño engominado hacia atrás, ojos oscuros y gafas de pasta negras que, con la preocupación marcada en el rostro, intenta acercarse a Maya, pero Daniel lo detiene.

—¿Quién es usted? —le pregunta.

—Soy Nico —contesta de malas formas, como si fuera evidente, sin dejar de mirar a Maya. O lo que queda de ella—. Su marido —aclara.

—Adelante —le permite Daniel, esperando que la presencia de su marido la haga reaccionar, pero se sienta a su lado y nada, Maya sigue sin decir ni hacer nada.

—Les dejamos solos —decide entonces Vega, emprendiendo el camino de vuelta a recepción, donde la cabeza decapitada de Izan sigue en el mostrador como si el tiempo no hubiera transcurrido, a la espera de la llegada del juez.

—Inspectores, hemos encontrado la documentación de dos de los tres desaparecidos y de la víctima —les informa el agente Navarro, tendiéndoles los documentos de identidad—. Alina Vicedo, veintiocho años, residente en Valencia. Sonia Navarro, de Madrid, veintidós años. Y la víctima, Izan Morgado, de veintiséis años, también residente en Madrid.

—Falta uno —comenta Daniel.

—Bruno, sí. No hemos encontrado nada, solo tres mochilas, dos con ropa de mujer, y la otra perteneciente a Izan, con su documento de identidad y carnet de conducir en un compartimento y un ordenador portátil que han empezado a analizar, pero nada que nos ayude a saber más del tal Bruno, el otro nombre que consta en la denuncia de desaparición.

Patones de Arriba, tres días antes
Lunes, 17 de mayo de 2021

A simple vista, el reducido equipo de ciberinvestigadores no tenían nada en común entre ellos, más allá de su afición por resolver crímenes y desapariciones. Los que se narran a continuación son solo unos ejemplos de todos los casos en los que se involucraron en este último año, y es que da miedo la cantidad de misterios que pueden darse en tan poco tiempo: la desaparición de una adolescente en Murcia con final feliz. El secuestro de una modelo en Madrid, cuyos últimos *stories* les dieron la clave para descubrir dónde la había llevado el falso chófer que pensaba violarla y torturarla. El paisaje que se veía a través de la ventanilla les ayudó a dar con su paradero a las pocas horas. El asesinato de una monja de ochenta años, cuyo cadáver apareció en el parque de la Dehesa de Segovia y, a las dos semanas y adelantándose a la mismísima investigación policial que se estaba llevando a cabo bajo secreto de sumario, Izan relacionó el crimen con el que se había cometido un año antes contra un cura en Valladolid, que los condujo a una denuncia desestimada en el año 93 por abusos sexuales. Tenían el nombre, Ernesto Expósito, quien había padecido abusos en el orfanato por parte del cura al que asesinó. Las monjas ocultaron sus deleznables actos y lo protegieron. Así pues, Ernesto se había encargado de que la única monja que quedaba viva sufriera lo indecible antes de encomendarse a la justicia divina. Confesó, sin arrepentimiento alguno, que los había matado a sangre fría para que ningún otro niño padeciera lo que había padecido él. Comprensible. Quien siembra vientos, cosecha tempestades, se jactaba el cabrón del cura. Estuvieron a punto de no delatar a Ernesto, darle más tiempo... Pero la ley, para bien y para mal, es la ley.

Durante la comida, no pararon de hablar del Descuartizador, de su modus operandi cruel y sádico, de las cinco víctimas, todas pacientes del psicólogo José Gago al que, según ellos, habían descartado demasiado rápido.

—A ver... —murmuró Sonia—. Es que tiene cara de pervertido. De psicópata. No tiene pareja ni hijos. No he encontrado antecedentes. Su historial está limpio, ni una sola multa de tráfico, y, por lo visto, tiene una vida social muy movida, de ahí que no puedan implicarlo en los cinco crímenes. Pero es que en estos centros puede entrar a trabajar cualquiera, y si no, recordad el caso de Diego Yllanes.

Alina asintió estremecida, mientras Izan, Bruno y Maya arquearon las cejas. El nombre no les sonaba.

—¿Quién es Diego Yllanes? —preguntó Maya con curiosidad.

—Seguro que el caso os suena —continuó Alina—. Hace años, en verano de 2008, durante los Sanfermines, Diego Yllanes mató a Nagore Laffage. Fue condenado a doce años y medio de cárcel, sí, ya, solo doce y medio, las leyes son una mierda y creo que solo cumplió nueve de reclusión. El caso es que las redes ardieron cuando vieron su foto en la web de un centro médico. Ese sádico, ese asesino de una chica de veinte años a la que antes intentó violar, aparecía en la plantilla del centro. Pues no va y el director, que acabó retirando el perfil de Yllanes de la web y ni idea de si terminó despidiéndolo o no, dijo que él creía en la reinserción, que Yllanes solo quería aportar. ¡¿Aportar el qué, si mató a sangre fría a una chica?!

—Joder, sí, me acuerdo —cayó en la cuenta Izan con indignación.

—Qué impotencia —se lamentó Maya.

—Así que, sí, podemos imaginar a José Gago decapitando a sus víctimas —volvió al tema Izan—. Depravados hay en todas partes.

—¿Podríamos dejar los asesinatos para el café? Se me quita el hambre y estos macarrones están de muerte —comentó Bruno, sentado al lado de Maya, tan cerca que sus brazos se rozaban continuamente mientras comían los macarrones gratinados que tan ricos le habían quedado a la anfitriona.

—Tienes razón —convino Alina—. Cuéntanos, Maya, ¿desde cuándo vives aquí? Es una casa preciosa, construida en 1818, por lo que he visto en la placa de la entrada, ¿verdad?

—Sí, es muy antigua.

—Pues todas las casas antiguas tienen secretos —opinó Izan, apuntando a Maya con el tenedor—. Pasadizos secretos, habitaciones ocultas...

—Algo de eso hay... —confirmó Maya con misterio, pensando en la buhardilla que ni su propio marido sabía que existía pese a llevar tres años casados.

—Oye, y tu marido viaja mucho, ¿no? —se interesó Alina.

—Sí. Es arquitecto, tiene su estudio en Madrid y siempre anda de un lado para otro —contestó Maya con naturalidad, pese a sentir el peso de la mirada de Bruno.

—¿Y algo así funciona? —preguntó Bruno sin que nadie lo esperara—. Un matrimonio a distancia, que te deje tanto tiempo sola... No sé, yo no podría.

—A lo mejor tiene una doble vida —especuló Sonia, la más conspiranoica del grupo, sin poder evitar que se le encendieran las mejillas de la vergüenza que le entraba cada vez que hablaba en público. Se esforzaba en socializar, pero lo suyo le costaba—. No sé... —dudó, como si ya se estuviera arrepintiendo de lo que iba a decir—: Casado o viviendo en pecado con otra mujer, hijos... ¿Tú nunca bajas a Madrid?

Maya se quedó bloqueada ante la atrevida ocurrencia (no tan descabellada) de Sonia.

«Todos los matrimonios tienen secretos», pensó una vez más.

Nico trabajaba mucho, llevaba varios proyectos a la vez, y ella ya no preguntaba. Llevaban un año casados cuando ella dejó de interesarse por su trabajo. Ocurrió porque él le propuso bajar a Madrid, quería que conociera su estudio, algo normal, y ella se negó en rotundo y hasta le espetó cabreada:

—¡Sabes perfectamente que no puedo volver a Madrid!

Nico lo entendió. No compartía esa especie de agorafobia que Maya sentía si se le proponía salir de Patones de Arriba, porque era poner un pie fuera de la Plaza del Llano y entrarle todos los males, pero no le quedaba otra que aceptarlo. Él ya no le hablaba de trabajo, solo le informaba, cada vez más distante, del tiempo que pasaría fuera del pueblo y el lugar al que iba (Huesca, Barcelona, Salamanca, Zaragoza...).

Pero ¿y si Sonia tenía razón? ¿Y si tenía otra mujer, o varias, y hasta hijos, y esa era la verdadera razón por la que pasaba tanto tiempo fuera? Nunca se había ausentado más de un mes, pero, en ese momento, a Maya un mes le pareció mucho tiempo, demasiado.

—Maya, ¿estás bien? No tendría que haberte dicho nada, perdona. A veces digo las cosas sin pensar y...

—Yo nunca bajo a Madrid —musitó Maya, tensa, levantándose como un resorte. Apenas había probado bocado. Cogió el plato, salió afuera, llamó a los gatos callejeros y les sirvió los macarrones gratinados en un cuenco.

—Maya... —apareció Bruno a su espalda.

—Estoy bien.

—No le hagas caso, ella no sabe lo de...

—Lo de Cristina, sí. Sí. Vale. No pasa nada, Bruno, pero es que...

—Qué.

—Nada. Que todo lo que me ha pasado en Madrid siempre ha sido malo, muy malo, así que no pienso volver.

—Hay más, ¿verdad? Antes o después de Cristina...

—Antes. Cinco años antes.

—¿Me lo contarás?

—Ahora no.

—Vale —acató Bruno, encendiéndose un cigarro y expulsando el humo lejos de Maya, mientras miraba a los gatos acercándose con confianza al cuenco a rebosar de macarrones. Maya, por su parte, clavó la mirada en los brazos fuertes de Bruno, y su imaginación se desató como nunca antes le había ocurrido, ni siquiera en los inicios con Nico.

Y es que Bruno era magnético y tenía una manera de dirigirse a ella y de mirarla única, especial, como si se conocieran de siempre, de otra vida. Su aspecto era muy rudo en comparación con Nico. Desprendía una especie de peligro que a Maya, lejos de asustarla, la acercaba más a él, porque parecía que nada malo podía volver a ocurrirle si estaba cerca. Llevaban tantos meses hablando por Zoom, que ahora se le hacía raro tenerlo delante. Tenía treinta y ocho años y se sentía como una adolescente tímida y atolondrada, una marca más de las muchas que el pasado había dejado en ella. Sí, ahora que por fin estaba aquí, en el pueblo, en su casa rural, deseaba no estar casada con Nico para proponerle a Bruno que se quedara. Que se quedara con ella para siempre.

CAPÍTULO 9

Madrid, 1997

María volvió a abrir los ojos el 27 de diciembre. No despertó en su dormitorio infantil, sino en la cama de un hospital con olor a desinfectante. Había estado muy grave, a las puertas de la muerte, y todo por una paliza que, según le iba diciendo la doctora que la atendió, le habían dado en la calle cuando regresaba a casa.

—Es normal que no recuerdes nada —quiso aliviar a María.

Pero si la doctora se hubiera fijado bien en la mirada que María le dedicó a su madre, se habría dado cuenta de que sí se acordaba. Se acordaba de todo, desde el primer golpe que le había dado hasta el último. La madre les había mentido desde que llegó llorando, angustiadísima por el estado en el que unos vándalos habían dejado a su *niña*.

—Y todo esto por ser diferente... qué mala suerte,

pobrecita, haberse encontrado con unos desalmados que... —se excusaba la bruja de la madre, la responsable real de que María se hubiera pasado semanas dormida, sin sentir, sin pensar, sin ver a Maya—. Todo esto por no ser como los demás... Qué pena. Qué pena, qué sociedad, cuánta gente enferma, mala, hay gente muy mala...

Médicos y enfermeras empatizaron con esa madre devota y buena con un crucifijo colgado al cuello que apenas salía del cuarto donde se encontraba su hija ni para ir al baño. Con la lagrimilla siempre a punto, lamentaba que el mundo no comprendiera a su *niña*, y compartía ese pensamiento con todo aquel que la quisiera escuchar. Su pelo rosa, sus vestidos... ¿Qué tenía de malo? ¿Qué daño hacía su hija?

—Ninguno, no le hace daño a nadie, la pobre, ¿por qué le han hecho esto a ella? ¿Por qué ella, por qué?

—¿Quiere denunciar?

La madre dijo que no, que lo mejor era esperar a que María despertara del coma, a ver si se acordaba de los malhechores que la habían atacado con saña, con un odio visceral como pocas veces había visto el personal médico que la atendió.

¿Pero cómo recordar algo que no ha sucedido?

Cuando la doctora abandonó la habitación, la madre se acercó a María y le dijo entre dientes:

—¿Volverás a rebelarte contra mí? —María no dijo nada. Se limitó a desafiarla con la mirada—. María, ¿vas a volver a rebelarte? —Silencio. La agarró con fuerza de la barbilla, y al instante la soltó con desagrado—. Me das asco. Mira qué pelo. Mira qué cejas. Qué fea estás. Cada vez estás más fea. Esa tarde tenías que teñirte el pelo, y ahora... ahora mira qué pelo.

—Perdón —irrumpió una voz dulce—. María... —murmuró, para deleite de María, a quien los ojos se le iluminaron por la inesperada presencia de Maya.

—¿Y tú quién eres? —preguntó la madre loca, ida, bruja, déspota, dirigiendo la mirada al ramo de flores barato que la chica llevaba.

—Soy Maya, voy con... voy a clase con María.

La madre miró a María. La joven vio en sus ojos una amenaza silenciosa.

«Si dices algo de lo que te hice, te mato».

—Me voy a por un té. Os dejo solas.

Maya le dio el ramo de flores a María, que se fijó en que tenía muy mala cara. Ojeras, ojos hinchados... había estado llorando. Lo más alarmante era que había perdido mucho peso. Llevaba puesta una sudadera gris masculina que le iba grande. María pensó que, quizá, esa sudadera pertenecía a su novio, al chico que mató en el descampado antes de que su madre le pegara una paliza que la ha tenido semanas fuera de juego.

—Maya, ¿estás bien?

—¿Y tú me lo preguntas? —se compadeció Maya, sentándose en la butaca que había al lado de la cama.

—Es que... no sé, te noto rara.

—Bueno, la tarde en la que te dieron la paliza, a mi...

—Maya inspiró hondo, cerró los ojos con fuerza, se le escapó una lágrima—. Mataron a Santi. Es muy fuerte, es...

—¿Quién es Santi?

—Ah. Es... era... mi novio. Llevábamos saliendo solo dos meses, pero fue... no sé, me gustaba mucho. Yo... —titubeó con la voz rota—... empezaba a quererlo.

—¿Pero como que lo mataron? —disimuló María, aparentando estar conmocionada y recordando el momento en que el chico, Santi se llamaba, ahora lo sabía, Santi, y ya nunca se le olvidaría, perdió la vida en sus manos.

—Le apuñalaron. En el descampado. Esa zona está maldita, apenas pasa gente, no hay farolas, es... hace un año mataron a un vagabundo, le prendieron fuego, ¿lo sabías? Y ahora... Santi no tenía enemigos, nadie entiende qué pasó y no hay ningún sospechoso.

—Lo siento muchísimo.

—Ya, sí... al día siguiente no viniste a clase. Me enteré de lo que te había pasado, y, bueno, la profesora nos ha dicho que has despertado del coma, y he querido hacerte una visita.

—Te lo agradezco. Eres muy amable.

«Eres lo más bonito de mi mundo, Maya. Te quiero. Te quiero mucho. No me dejes sola. No vuelvas a dejarme sola», se mordió la lengua María, conteniendo las lágrimas.

—Llora. Llora, María, si quieres llorar, llora. Lo que

te han hecho es... es injusto, es horrible. Llorar va bien, créeme. Yo he llorado mucho. Llorar es la manera que tiene el dolor de salir de dentro.

Y entonces, María se permitió imitar a las buenas personas como Maya y lloró. Lloró porque el mal que había sembrado y el mal que había recogido a manos de su propia madre, había valido la pena. Todo había valido la pena por estar viviendo ese momento que le habría gustado congelar para siempre, porque sintió que Maya, por fin, le pertenecía.

CAPÍTULO 10

Patones de Arriba
Jueves, 20 de mayo de 2021

—Si Maya hablara… si pudiera darnos más datos sobre el tal Bruno… —maldice Vega entre dientes, saliendo al exterior y respirando aire puro, por fin, no el viciado que se ha condensado en el interior de la casa rural que, desde hoy, el pueblo de Patones de Arriba considerará maldita.

—Begoña y Samuel deben de estar al caer. Hay montado un operativo de búsqueda para los restos y los otros tres desaparecidos. Todo está en marcha, Vega —intenta calmarla Daniel.

—¿Y qué van a encontrar? ¿Más cabezas? —inquiere Vega con el móvil en la mano, ignorando la llamada de Marco. Es la tercera vez que Vega rechaza hablar con él—. ¿Por qué no actuaron en cuanto Maya denunció las desapariciones pese a no haber pasado veinticuatro horas? Había algo raro ahí, tendrían que haberlo visto, joder. Me da a mí que hemos llegado demasiado tarde para encontrar con vida a esos chicos, Daniel.

—¿No vas a contestar a tu marido?

—¿Crees que es momento para llamadas personales? Además, apenas me queda batería, tengo que cargar el móvil. —Cuando Vega está trabajando, Marco no existe. Nada existe. Y esa es una de las razones por las que no se han animado a tener hijos; a Vega la absorbe su trabajo—. Hasta que el juez se digne a venir para el levantamiento de... de la cabeza, Dios, qué locura, nos vamos a poner unos guantes, vamos a volver ahí dentro, y vamos a registrar cada una de las habitaciones.

—Me parece bien.

—Y lo mejor será sacar a Maya de aquí.

—No quiere —interviene Nico, el marido, que parece haber aparecido de la nada—. Es que no puede —rectifica, mirando de reojo a un gato callejero que, confiado, se acerca con sigilo a un cuenco vacío y empieza a lamerlo—. No puede salir de aquí.

—¿Cómo que no puede salir de aquí? —intenta comprender Vega.

—No sé si están al corriente de lo que le pasó cuando era joven.

—Estamos al corriente —concreta Daniel.

—Llegó a este pueblo en 2004. En todo este tiempo no ha salido de aquí. Se alejó de su familia, perdió el contacto con ellos, no quiso volver a saber nada de… bueno, de nada que le recordara a lo que le pasó a su amiga. Cristina Fuentes, conocida como la Dalia Negra española.

—Nico, ¿verdad? —empieza Vega. Nico asiente—. ¿Desde cuándo están casados?

—Desde 2018 —contesta, mostrándole la alianza, muy similar a la que Vega lleva en el dedo anular—. Fue una boda informal, con muy pocos invitados, o sea… no fue algo oficial.

—No hay papeles de por medio —entiende Vega.

—Exacto.

—¿Vive en la casa rural con Maya?

—No. Bueno, sí, cuando estoy aquí compartimos el apartamento de la última planta, la entrada es privada, prohibida a los huéspedes. Pero tengo mi estudio de arquitectura en Madrid, voy y vengo, viajo mucho…

—¿Dónde se encontraba usted ayer?

—Perdone, ¿qué? ¿Me está interrogando?

—Solo estamos hablando, Nico —contesta Daniel por Vega, en el mismo tono chulesco que ha empleado Nico, poniéndose a la defensiva de repente.

—Eh… Ayer estaba en Huesca. He estado en Huesca desde el domingo por la noche, prácticamente acabo de llegar. Me fui de aquí el domingo después de comer, llegué a Huesca sobre las nueve y media de la noche, hice un par de paradas largas. Tenía que quedarme hasta el lunes, pero ha pasado lo que ha pasado, y he vuelto para estar al lado de mi mujer.

—¿Conocía a las tres personas desaparecidas y a la víctima?

—No. No sé quiénes eran. Ni por qué Maya los invitó, porque me ha quedado claro que no eran huéspedes, si no…

—¿Amigos? —tantea Vega—. Parece que le extrañe que Maya tenga amigos.

—Es que Maya no tiene amigos. No se relaciona con nadie, solo con los huéspedes que le caen bien. Con algunos sigue en contacto, grupos de amigos, parejas… pero, como os digo, Maya no sale del pueblo. Lleva diecisiete años encerrada aquí.

—¿Qué sabe sobre Bruno?

—¿Bruno? Ese es uno de los cuatro que…

—Sí.

—No lo sé, de verdad, acabo de llegar y estoy tan confuso como Maya, como todos. No tengo respuestas y lo de ese chico… la cabeza. Es horrible.

—¿Nos permitiría inspeccionar el apartamento del último piso que comparte con su mujer cuando está aquí?

—Sí, claro, no hay problema. Mientras me avisen si se llevan algo… —permite Nico, no sin cierta reticencia.

Nico se lleva las manos al bolsillo derecho del pantalón de pinzas beige, impoluto y sin una sola arruga, repara Vega, extrae una llave y se la da.

—Gracias, se la devolvemos en cuanto acabemos. Por cierto, ¿ha venido en coche desde Huesca? ¿Conduciendo?

—Sí, ¿por qué?

—Por nada. Puede volver con su mujer.

Vega regresa al interior de la casa rural seguida de Daniel. Ambos evitan mirar la cabeza decapitada de Izan. Mientras ascienden las escaleras en dirección a la última planta, Vega comparte sus sospechas con Daniel:

—No me gusta un pelo el marido de Maya.

—Un poco chulito, pero parece que quiere ayudar.

—¿Cuántas horas hay en coche desde Huesca hasta aquí? ¿Cuatro?

—Pse... más o menos. ¿Qué estás pensando?

—Que va hecho un pincel. Ni una sola arruga en los pantalones. Cuando Marco lleva ese tipo de pantalones, se le arrugan con mucha facilidad. Diez minutos conduciendo y, al salir del coche, parece que nunca se hayan planchado. Ese tejido es un infierno.

—Igual no es...

—Lo es. Es el mismo tejido.

Llegan a la última planta, un rellano estrecho con una sola puerta en la que hay un cartel que indica: PRIVADO. NO ENTRAR. No hay nada que le guste más a Vega que desobedecer órdenes. Introduce la llave en la cerradura y, tras dos vueltas, se adentra en el pequeño apartamento de unos treinta metros cuadrados en el que cocina, salón, comedor y dormitorio conviven en un mismo espacio diáfano en el que no se desaprovecha ni un solo rincón.

—Qué agobio —comenta Daniel, mirando a su alrededor y abriendo la única puerta que hay en el interior del apartamento que, como ya esperaba, conduce a un minúsculo cuarto de baño en el que descubre tres cajas de Diazepam y otras dos de Olanzapina encima de la tapa del retrete. Hay pastillas derramadas por el suelo—. Mira qué tenemos aquí, Vega.

—¿Olanzapina? Uff... eso es muy fuerte, ¿no?

—Joder, como que es un antipsicótico para tratar la esquizofrenia y el trastorno bipolar.

—¿Será de Maya?

—Seguramente.

—Huele a cerrado. A humedad. Fíjate, la cocina parece de juguete.

Vega abre la única ventana que hay. Se asoma y mira hacia abajo. En la entrada donde hasta hace poco estaban Daniel, Nico y ella, ve al agente Navarro fumándose un cigarrillo con dos compañeros que no paran de sacudir la cabeza.

—Parece que nunca ha pasado algo así en Patones de Arriba, los agentes están consternados —deduce Vega, más para sí misma que para Daniel, que descubre una tarjeta de visita en el primer cajón de una mesita de noche.

—La tarjeta de visita de Nico Méndez, fundador del estudio Méndez Arquitectos. Está en la calle de O'Donnell.

—Guarda la tarjeta, puede que nos sea útil —le pide Vega, ensimismada con las vistas. Lo mejor de este espacio, sin duda, es despertarse viendo las montañas que cercan el pueblo, como si lo protegieran de visitas no deseadas. Seguidamente, saca medio cuerpo por la ventana para disgusto de Daniel, que tiene tanta fobia a las alturas como que a Vega le pase algo malo e irreversible, y levanta la cabeza en dirección al tejado—. Mmmm...

—Vega, por Dios, ten cuidado, no te asomes tanto.

—Yo de arquitectura no entiendo, pero el tejado es como muy alto, diría que... ¿abombado? ¿Esa palabra es correcta para un tejado, Daniel?

—Yo qué sé, Vega, haz el favor de entrar ya.

—Tejado abombado —repite Vega en un murmullo—. ¿Por qué es tan alto? Desde abajo no se ve, pero...

Al momento, Vega le da la espalda a la ventana y, tras dar unos golpes a los tabiques, se dirige al armario empotrado. Daniel respira aliviado; por un segundo, ha pensado que Vega acabaría hecha papilla en el suelo por culpa de su nula capacidad de detectar el peligro.

Vega sigue a lo suyo, como si Daniel no estuviera ahí. La cabeza le va a mil revoluciones como es habitual cuando se mete de lleno en un caso. Abre el armario, retira la poca ropa que hay, la mayoría tejanos y jerséis de mujer, y solo un par de camisas de hombre. En el reducido espacio en el que conviven Maya y Nico, ahora solo suenan las perchas chocando las unas con las otras, hasta que Vega da tres golpes en el tablón de madera que hace de tope en el armario, y sonríe, triunfal.

—Aquí hay algo, Daniel. Un falso fondo. Y, joder, el mal olor viene de aquí. ¿Es que no saben que existen los

84

deshumificadores para armarios? Absorben la humedad. Mi abuela tenía varios repartidos en todos los armarios de la casa del pueblo, que el invierno en Galicia es muy puñetero.

Patones de Arriba, tres días antes
Lunes, 17 de mayo de 2021

Había anochecido en Patones de Arriba cuando Alina, Izan y Sonia, seguían enfrascados en los cinco asesinatos cometidos por el asesino apodado el Descuartizador, mientras Bruno y Maya intervenían de vez en cuando pero sin mucho interés, como si tuvieran la cabeza en otra parte. Encima de una de las mesas del comedor, habían desplegado varias fotografías de los lugares donde habían encontrado los cadáveres. También tenían un mapa en el que Izan había señalado las rutas que el asesino había podido seguir evitando las cámaras de tráfico, desde el lugar donde supuestamente creían que las había atacado, hasta donde había abandonado sus cuerpos torturados. Las mujeres no solo tenían en común un horrible final.

El Descuartizador las prefiere independientes, que vivan solas, y lo más extraño es que todas iban a terapia con el mismo psicólogo: José Gago.

—Salgo a fumar —interrumpió Bruno, mirando expresamente a Maya—. ¿Vienes, Maya?

Maya asintió, percatándose de las sonrisas que esbozaba el grupo, que sabían que «ahí» había algo y que de nada servía que intentaran ocultarlo.

Bruno inspiró hondo antes de encender el cigarrillo. Maya, sin decir nada, miró en dirección a las montañas, manchas negras que se fusionaban con el cielo nocturno lleno de estrellas.

—Qué bien se debe de vivir aquí —comentó Bruno—. ¿Damos una vuelta?

—Claro —se animó Maya.

—Entonces, tu relación con... tu marido... ¿qué tal va?

—Va.

Maya se encogió de hombros.

—Me dijiste que coincidisteis en la universidad, ¿no? ¿De cuando estudiabas Arquitectura?

—Sí, pero la verdad es que yo no me acordaba de él. Ya sabes que estuve poco tiempo por la... bueno, por la foto que alguien me dejó en la mochila. La gente cambia con los años, ¿no? Con el tiempo las caras se vuelven difusas.

—¿Quieres que dejemos atrás el tema del Descuartizador y le contemos a los demás lo que te pasó? Lo que le pasó a Cristina.

—¿Tú crees que no lo saben? Son muy frikis, están al día de todos los crímenes más macabros y, si alguno no se acuerda, ya está el otro para refrescarle la memoria. A lo mejor alguien ha publicado una foto mía vinculándola con el caso de Cristina o… yo qué sé —dudó Maya.

—No creo que te relacionen con el caso. Si han visto alguna foto tuya, seguro que no te han reconocido, han pasado casi veinte años y no te has dejado ver mucho.

—¿Tanto he cambiado?

—Para mejor —flirteó Bruno, guiñándole un ojo—. No, en serio, ya sabes cómo son, especialmente Sonia. Dicen todo lo que se les pasa por la cabeza, cualquier cosa, aunque suene fatal. Si supieran quién eres, habrían comentado algo. Seguro.

—¿Y tú no les has contado nada, no? —quiso asegurarse Maya, deteniéndose en mitad de la calle desierta, mirándolo con los ojos abiertos de par en par. Por primera vez, reparó en una cicatriz que Bruno tenía en el contorno de la mandíbula, camuflada por la barba de tres días que solía llevar.

—¿Por quién me has tomado? —se hizo el ofendido Bruno—. No, no les he dicho nada. Pero sí estuve buscando y…

—Nada, ¿verdad? —Bruno negó con la cabeza—. He vuelto a tomar la medicación, volver a eso no… no es bueno para mí, Bruno, no quiero que saques más el tema de Cristina ni que sigas buscando ese maldito vídeo a mis espaldas. Un vídeo que, seguramente, no existe. A veces pienso que no tendría que haberte contado nada.

—Puedes confiar en mí, Maya. En serio, confía. Sobre la medicación… La tomas sin receta y no puedes hacer eso, es peligroso.

—Lo sé. Pero es que mi marido últimamente no anda mucho por aquí y yo reconozco que no estoy bien. A veces pienso cosas que…

—Qué.

—Pienso en… quitarme de en medio. Las pastillas me ayudan a evadirme, hacen que me sienta mejor.

Quien se detuvo en ese momento fue Bruno, y lo hizo con tal ímpetu, que, por un momento, Maya pensó que le iba a gritar. Pero lo que a Bruno le nació de dentro fue estrecharla entre sus brazos, acariciar su pelo, susurrarle al oído provocando que se le erizara la piel:

—No vuelvas a pensar en eso, Maya, por favor. Yo no podría seguir en este mundo si tú no estuvieras en él.

Guau. Qué manera de dejar a Maya sin aliento.

—Cristina no fue la única que…

—Lo sé, Maya. Lo sé todo.

Maya se separó de Bruno, interrogándolo con la mirada.

—Entiendo que no quieras hablar de eso —añadió.

—¿Pero cómo lo sabes?

—Fue tan fácil como buscar en Google el instituto al que fuiste. La noticia databa de diciembre de 1997. Mataron a un chico, ¿verdad? Veinte puñaladas. Santi… no recuerdo el apellido.

—Era mi novio.

Bruno asintió. Lo sabía. Las iniciales M. H. aparecían en el artículo que leyó: «M. H., su novia, fue la última persona que lo vio con vida alrededor de las seis y media de la tarde».

—Y cinco años después, Cristina —añadió Maya con los ojos vidriosos—. La muerte me persigue, Bruno. A veces me pregunto quién será el siguiente, y por eso, hasta ahora y sin contar con mi marido, no me había atrevido a considerar a nadie amigo, pero tú...

—No hace falta que digas nada, Maya.

—Sí hace falta. Tú has despertado algo en mí que...

Bruno la calló con un beso.

Joder, Maya, se te fue de las manos. Sabías que era una mala idea, en el fondo lo sabías, pero seguiste, acogiste la boca de Bruno como si la necesitaras más que el aire para respirar. Fue un beso intenso, voraz, nada que ver con los piquitos que últimamente te daba Nico sin pasión ni ganas, no, ese era el típico beso en la boca que no se olvida, que te nubla el sentido y te lleva directa a las estrellas sin billete de vuelta.

Cuando sus labios se separaron, ambos estaban casi sin aliento, deseosos por repetir el beso hasta perder la cuenta. Bruno era un tipo intenso e impulsivo que enmarcó la cara de Maya entre sus grandes manos, la miró a los ojos como si fuera a atravesarla, y le dijo, demasiado pronto, demasiado precipitado:

—Te quiero, Maya.

Maya debería haberse asustado. Salir corriendo. Desconfiar. Pero no hizo nada de eso, al contrario, porque si aún no se había quitado de en medio, era gracias a Bruno, a las interminables conversaciones de estos últimos meses a través de Zoom.

—Yo también te quiero, Bruno.

Maya agarró la mano de Bruno y la dirigió a su pecho, ahí donde latía el corazón. Iba a mil por hora. Era una manera de decirle que él, solo él y pese a estar casada con otro hombre, se había adueñado de su corazón.

CAPÍTULO 11

Madrid, 1998

Habían transcurrido seis meses desde la tarde en la que Maya fue al hospital a ver a María. Ahora parecía formar parte de un sueño. De algo que nunca ocurrió. Los momentos que nos calan solo pueden congelarse en el recuerdo, y María no se conformaba con revivir esa tarde una y otra vez en su memoria, no, María necesitaba más. Quería repetir ese instante, seguir sintiendo que Maya era suya. Pero, tras la muerte de su primer novio, Maya estaba cada vez más retraída y absorbida por Cristina, como si haberlo matado hubiera ocasionado el efecto contrario. Santi había muerto para nada; la enemiga de María, la de verdad, era Cristina. Si mataba a Cristina, Maya sería suya, estaba convencida de eso. Se había equivocado de víctima. Como suele decirse, los novios vienen y van, pero las amigas se quedan para siempre, y ese *para siempre* era lo que María no podía permitir.

Sin embargo, María no encontró el momento ni el lugar idóneo para deshacerse de la zorra de Cristina. María la odiaba con todo su ser, tanto, que empuñando el mango del mismo cuchillo que apuñaló veinte veces a Santi hasta matarlo, estudió las posibilidades así como los riesgos, que eran muchos. Cristina tenía suerte de vivir a solo dos calles del instituto y en una zona céntrica, por lo que no lo tenía tan fácil. El asesinato del novio de Maya se había convertido en uno más sin resolver, y en el instituto ya nadie hablaba de él. Era un tema tabú. Demasiado triste, demasiado sórdido para adolescentes de quince años que no deberían vivir la experiencia de una muerte violenta y prematura. Pero a veces, María, que no le quitaba el ojo de encima a Maya, la veía perdida en sus pensamientos. Sabía que aún pensaba en él. En esos ojos color miel que María adoraba, se percibía el brillo nostálgico de quien ha conocido las mieles del primer amor y lo ha perdido.

Qué habría pasado si…

Ese «y si…» se clavaba en María por cada decisión tomada y por cada decisión que todavía flotaba en el aire. Eran tantas las dudas, que el maldito «y si…» se repetía en bucle como las pesadillas que la atormentaban día y noche. Con los ojos abiertos. Y con los ojos cerrados.

«Qué pasaría si fuera normal.

Qué pasaría si la loca de mi madre no se empeñara en teñirme el pelo de rubio platino.

Qué pasaría si la bruja de mi madre no me obligara

a vestir como esas muñecas de porcelana antiguas que quiero destrozar.

Qué pasaría si me escapara de casa.

Mejor aún...

... qué pasaría si me la cargo de una puta vez».

María vio a Maya a unos metros de distancia, a punto de salir del recinto del instituto. Iba sola. ¿Cuánto tiempo hacía que no la pillaba sola? Era su oportunidad. Así que, pese a las miradas de reojo mal disimuladas y los cuchicheos, María llamó a Maya, por si era posible acompañarla hasta su casa y así estar un ratito con ella.

—¡Maya! —Maya se hizo la sorda. ¿A lo mejor debería gritar más? Qué vergüenza—. ¡MAYA! —siguió llamándola a gritos, avanzando a paso rápido hacia ella, cuando no le quedó otra que detenerse a causa del fuerte empujón que alguien descargó contra su espalda y que por poco la hizo trastabillar y caer de bruces al suelo, haciendo el ridículo.

—¿Qué coño haces, a ti qué te pasa? —espetó Cristina con violencia. Era la primera vez que se dirigía a María directamente, y lo hizo con tanto asco, con tanto odio... —. Déjala, ¿no ves que pasa de ti? Eres un engendro, ni se te ocurra acercarte a Maya.

«Engendro. Eres un engendro. Engendro engendro engendro».

Madre mía.

Esa palabra fue, en la imaginación de María, la que puso en marcha la cuenta atrás de Cristina, quien debió de levantar más la voz al llamar a Maya, porque con ella sí giró la cabeza. Y se detuvo. Maya esperó a Cristina para recorrer juntas un tramo del trayecto hasta sus respectivas casas, como si María no existiera.

CAPÍTULO 12

Patones de Arriba
Jueves, 20 de mayo de 2021

Entre Vega y Daniel retiran el falso fondo del armario empotrado, un poco suelto a propósito en el margen superior derecho. Deducen que no hace mucho que alguien, ¿Maya, quizá?, lo arrancó, o es algo que suele hacer habitualmente, sea lo que sea lo que se esconda detrás. Lo que los inspectores encuentran tras el falso fondo, es una pared de ladrillo con seis barras de acero ancladas a modo de escaleras.

—Hay que subir, Daniel. ¿Además de vértigo, no tendrás también claustrofobia, no?

—Ja, ja. Qué graciosa eres. Subo yo primero.

—No, déjame a mí.

Vega se mete en el interior del armario y, con Daniel pisándole los talones, ascienden por el reducido espacio oscuro como la boca de un lobo que los conduce hasta la estancia secreta (hasta hoy) de Maya.

—La hostia, pero ¿a qué huele? Esto no es simple humedad, aquí deben de haber ratas muertas o algo —suelta Daniel, cuando Vega ya está arriba, pero es incapaz de ver absolutamente nada. Los ojos de la inspectora aún no se han adaptado a la oscuridad, cuando un grito procedente de abajo los sobresalta.

Vega deja de prestar atención al olor rancio y a la estancia secreta y se gira hacia Daniel, que tiene medio cuerpo entre el hueco de las escaleras y la buhardilla.

—¿Qué ha sido eso?

—Vamos a ver y volvemos aquí con una linterna, que no me gusta nada este olor, Vega.

Lo reconoces, ¿verdad, subinspector Haro? Reconoces ese olor a muerte y a carne podrida descomponiéndose, y aunque Vega intente darle la espalda a una realidad a la que no va a tardar en enfrentarse, ella también lo sabe.

—No se ve una mierda. A simple vista no hay nada, pero… ¿llevas el móvil? A mí me queda un tres por ciento de batería, si activo la linterna el móvil se muere, literal.

Abajo se sigue oyendo barullo. Daniel quiere ir a ver qué ha pasado, odia este lugar encajonado, oscuro y claustrofóbico, mientras Vega se niega a dejar nada a medias, pero tampoco puede ignorar los alaridos cada vez más desgarradores.

—¡Vamos, Vega! —le pide Daniel, ya desde abajo, y Vega resopla, teniendo que dejar para después el descubrimiento de la buhardilla y ese olor penetrante y repugnante que no es simple moho ni humedad.

Bajan a toda prisa para ver qué ha sucedido. Cuando llegan al último peldaño de la escalera, les da la sensación que el espacio de recepción de la casa rural se ha llenado de más gente.

¿De dónde ha salido toda esta gente? ¿Qué broma es esta?

«¿Y la sangre? ¿De dónde procede tanta sangre?», se pregunta Vega, mirando instintivamente hacia el mostrador, donde la cabeza de Izan sigue ahí, inerte, mirándolos desde la muerte, aunque sea con los ojos cerrados.

Vega se abre paso hasta alcanzar a ver qué está pasando.

Los gritos eran de Nico, que, desconsolado, ha debido de arrastrar a su mujer desde el salón hasta la recepción. Vega lo sabe por la trayectoria de la sangre procedente de las muñecas abiertas de Maya.

—¡¿Es que nadie la estaba vigilando?! —despotrica Vega, apartando a los agentes que le enturbian la visión del cuerpo quieto, demasiado quieto de Maya.

—Acabamos de llamar a una ambulancia, inspectora, no tardarán —le dice el agente Navarro desde la otra punta de la zona de recepción.

Vega se agacha junto al cuerpo de Maya. Alguien le ha vendado las muñecas con trapos de una manera torpe, apresurada.

—Ha sido solo un momento —gimotea Nico, con los

ojos anegados en lágrimas—. Ha ido al baño, no salía, no salía... la he ido a buscar y... Dios mío. Dios mío... ¡Maya! —vuelve a gritar, desgarrándose las cuerdas vocales.

—Maya —la nombra Vega inútilmente, tratando de ignorar el llanto inconsolable del marido—. Maya, ahora va a venir una ambulancia... Aguante. Aguante, Maya.

Maya no reacciona. La expresión de su cara es la de alguien que ya no siente dolor, solo paz, la de quien está punto de cruzar la delgada línea que separa el mundo de los vivos del de los muertos, ese mundo oscuro y sin retorno al que parece estar aferrándose para no regresar. Su pulso es cada vez más débil. Se les está yendo.

Su tez pálida es preocupante, contrasta con el color escarlata de la sangre que Vega se esmera en seguir cubriendo con los trapos empapados, del todo inútiles, para detener la hemorragia que Maya se ha provocado.

—¡Joder, se nos está yendo, que alguien traiga más trapos, algo que detenga toda esta sangre! ¿Cuánto va a tardar la ambulancia? —grita Vega, dirigiéndose a todos y a nadie en concreto, a los agentes de la Guardia Civil paralizados, a los compañeros de la científica, que están ahí plantados, pensando que deberían volver a su trabajo, y es que hay tanto por hacer todavía en este infierno, que parece que no hay tiempo para un cadáver más.

Patones de Arriba, tres días antes
Lunes, 17 de mayo de 2021

Bruno y Maya regresaron a la casa rural quince minutos después del beso que los había dejado temblando y con ganas de más. No se entretuvieron mucho rato en la calle, donde el aire era fresco y puro, y Bruno, harto de la ciudad, disfrutaba del entorno, de cada detalle, de las estrellas titilando en el cielo. Ese lugar era, para Bruno, lo más cerca del paraíso que había estado en mucho tiempo. Pero Maya no se sentía del todo cómoda a solas con Bruno, dando una vuelta por el pueblo. Las habladurías, ya se sabe. Quería evitar que algún curioso la viera con otro hombre que no fuera su marido.

—A ver, ¿a qué conclusión habéis llegado? —preguntó Bruno esbozando una sonrisa al llegar, mirando alternativamente a Alina, Izan y Sonia, tan centrados en el caso del Descuartizador que le devolvieron una mirada desubicada, como quien se acaba de despertar de un mal sueño.

—Pues… —titubeó Izan.

—El Descuartizador es José Gago. No hay duda —resolvió Sonia.

—Mmmm… —dudó Bruno, rascándose la nuca como siempre hacía cuando iba a plantear sus sospechas respecto a algún caso—. Es demasiado evidente, ¿no? Pongamos que el asesino es alguien del centro que tiene acceso a los historiales de todos los pacientes. Si el Descuartizador fuera José Gago, lo normal sería que se cargara a las pacientes de otro psicólogo, ¿no? Cargarse a las suyas sería algo así como llevar un cartel pegado en la frente que dijera: «Haz terapia conmigo y acabarás muerta».

A Maya le recorrió un escalofrío, no solo por lo que Bruno dijo, sino por cómo lo dijo. Y retrocedió al pasado, concretamente a la primavera de 1998, cuando un año antes de que se esfumara, María, aquella chica extraña que iba a su clase y que tanta pena le daba, la que a veces llevaba el pelo rubio, casi blanco, y otras veces rosa como sus vestidos rimbombantes y sus abrigos acolchados, amenazó a Cristina:

—Sigue metiéndote conmigo, zorra, y acabarás muerta.

Y cuatro años después, como si María, a quien Maya había lanzado al olvido, lo hubiera profetizado, Cristina estaba muerta.

—Ey, Maya. ¿Maya? ¿Tú qué crees? —preguntó Alina, y, por cómo elevó la voz, parecía que llevaba un buen rato tratando de llamar su atención.

—Pues... —Maya miró a Bruno, asintió—. Yo creo que lo que dice Bruno tiene bastante sentido. ¿Tenéis los nombres de los otros psicólogos? ¿Fotos?

—Les hemos echado un vistazo, sí. Todo está en la web del centro, aunque han despedido a unos cuantos porque resulta que muchos pacientes se están dando de baja —contestó Izan.

—Ah. Ah, vale, pues vamos a ver quienes trabajan o trabajaban en el centro. No creo que hayan hecho cambios en la web con la que hay liada, así que deben de seguir ahí —propuso Maya con naturalidad—. Por cierto, ¿qué queréis cenar?

CAPÍTULO 13

Madrid, 1998

María sentía que iba a explotar. A la joven la asfixiaba el piso oscuro lleno de tragedias del edificio de Antonio Grilo, ese que aparece en la crónica negra del país por los terribles crímenes que cobijó. Por eso, a veces, venían grupos que, desde la calle, contemplaban anonadados la fachada maldita como si estuvieran frente a un cuadro expuesto en el Prado. Unos días antes, María se asomó a la ventana. Les escupió a esa panda de curiosos. Le dedicaron todo tipo de insultos, claro, pero qué más daba, si todo el mundo la insultaba y la despreciaba. María ya se había acostumbrado a que la gente la odiara.

—¡Maríaaaaaa! ¡El tinteeeeeee! —la llamó la madre desde el cuarto de baño de baldosas verdes, con todo preparado para seguir pudriéndole el pelo cada vez más largo y con mechones desiguales que daban pena.

María, para evitar recibir otra paliza como la de diciembre, fue, y se dejó teñir de rosa, porque era primavera, y en primavera el pelo, según las nuevas normas de la madre, tenía que ser rosa.

—Ese bigotillo... Esas cejas, madre del amor hermoso, ¡esas cejas, pero qué gruesas, María, hija! ¿Cómo es posible que sean tan gruesas? ¿Cómo puedes ser tan peluda, María? Qué fea estás. Qué fea. Es que no me lo explico, mírame a mí, el poco pelo que tengo en la cara. ¡¿Por qué te sale tanto pelo?! —siguió gritando, nerviosa y dándose golpecitos en la sien, un nuevo tic para su colección de rarezas, mientras María permanecía en silencio con la cabeza agachada y la mirada dirigida al suelo para que la loca de su madre no pensara que la estaba desafiando—. Bueno, pues a ver qué puedo hacer contigo... —farfulló, agarrando una pinza para afinar las cejas de María. Pero en cuanto la pinza entró en contacto con la delicada piel del párpado, María, que ya era más alta que el demonio de su madre, saltó, y, en esa ocasión, fue ella quien, con una fuerza desmedida, la agarró de la muñeca—. Qué... qué... ¿Qué haces, María, qué haces? No me agarres tan fuerte, no...

Ante el aturdimiento de la mujer, María se envalentonó. Así que siguió apretando la huesuda muñeca de la madre hasta dejar sus huellas marcadas en la piel. Pensó en empujarla y que cayera. Imaginó que su cabeza impactaba contra el canto de la bañera, ¡CRACK!, que el cráneo estallaba o se le partía el cuello.

El calor… empezaba a sentir ese calor que le gritaba que lo hiciera.

«Pero esa sería una muerte inmediata, ¿no?», consideró María, aguantándose las ganas mientras seguía apretando la muñeca de la madre e ignorando sus súplicas para que la soltara. Ella deseaba que su madre sufriera. Quería verla agonizar, que se desangrara, eso es, María quería sangre, ansiaba volver a sentir ese calorcito recorriéndole el cuerpo como le ocurrió al conocer a Maya y, meses más tarde, al matar a su novio.

—¡Que me sueltes, María, por Dios! —volvió a gritar la madre.

María la soltó, pero lo hizo con una sonrisa en el rostro de quien se cree, erróneamente, superior.

La madre tardó menos de un segundo en girarle la cara.

¡ZAS!

Un golpe.

¡ZAS!

Otro más.

Se detuvo a tiempo antes de dejarle marcas que implicaran sospechas de maltrato en el instituto. María salió corriendo del baño con su pelo y sus cejas rosas y se encerró en la habitación. Abrió la vitrina, eligió una muñeca, y a ella sí, a ella ya le tocaba, sería la primera, la elegida: la reventó.

Al día siguiente, María estaba de un humor de perros, así que la emprendió contra la primera persona que se le puso a tiro: Cristina. Y es que, cada vez que Cristina tenía ocasión, como si no hubiera espacio suficiente para pasar, la empujaba o le daba un fuerte codazo a María, creyéndose con derecho a todo. Esa tarde ocurrió lo mismo de siempre, el problema era que María estaba muy cabreada. En el fondo, deseaba que algo así ocurriera para saltar a la mínima y desahogarse con alguien. Lo malo fue que Maya también estaba ahí, y, sin embargo, era tal la ofuscación de María, que no la vio. Cristina y Maya caminaban en la misma dirección, hacia la salida, unos pasos por detrás de María. En lugar de esquivarla, Cristina pasó por su lado dándole un fuerte empellón.

—¿Qué coño haces? —le gritó María, parando en seco y provocando que Cristina y Maya también se detuvieran. Cristina, bravucona, se plantó delante de María, se cruzó de brazos y rio.

—Anda, si el engendro tiene voz. Y se queja y todo.

—Cristina, para ya —le pidió Maya, pero Cristina la ignoró, dispuesta a seguir con la guerra que ella misma había iniciado. Le encantaría partirle la cara al engendro.

Maya era solo una sombra rezagada en un segundo plano que miraba a María con lástima. Le daba mucha lástima, había algo que no andaba bien dentro de esa cabeza atormentada. Pero en el campo de visión de María solo existía Cristina, y la miró de una forma que hizo que esta temiera por su integridad física. Por primera vez, María vio con satisfacción a Cristina achantándose ante ella. Parecía querer decir algo, pero las palabras no emergían de su garganta y su boca asquerosa parecía la de un pez intentando boquear fuera del agua.

—Sigue metiéndote conmigo, zorra, y acabarás muerta —sentenció María.

Cristina intentó disimular el miedo. Qué mal rollo le transmitió el engendro. Apenas pudo sostenerle la mirada un par de segundos cuando le susurró a Maya:

—Vamos, está como una cabra.

Le dieron la espalda y se largaron a paso rápido. Fue entonces cuando María se dio cuenta de que Maya lo había presenciado todo.

—Mierda —siseó entre dientes, apretando con fuerza los puños.

La había perdido. En ese momento, María sintió que había perdido a Maya para siempre. Después de lo que le había dicho a su amiga, no querría volver a saber nada de ella y ella ya no sabría cómo mirarla a la cara sin sentir vergüenza. La vergüenza de dejarle ver al mundo lo que era en realidad: un monstruo. Ella no quería ser así, no había nacido así, mala. La maldad no es algo que venga de fábrica; la maldad, según las circunstancias de cada persona, te la meten dentro. Eso era lo que había conseguido la madre de María: crear un monstruo. Ella, la bruja de la madre, era la única responsable de que María perdiera a la chica más especial con la que había tenido la suerte de cruzarse en la vida.

Bueno, era lo que María pensaba.

¿Pero cómo puedes perder algo que nunca has tenido y que solo ha formado parte de una fantasía fabricada por una mente contaminada?

CAPÍTULO 14

Patones de Arriba
Jueves, 20 de mayo de 2021

La ambulancia se acaba de llevar a Maya al hospital. Y con ella ha ido Nico, su marido, a quien la angustia le salía por los ojos. No ha parado de repetir, con una voz nerviosa que distaba mucho de la petulancia que ha mostrado antes delante de los inspectores:

—Salvadla, por favor. No puedo perderla, es lo único que me queda... esto es por mi culpa, esto es por mi culpa...

Vega se encierra en el cuarto de baño donde Maya se ha cortado las venas. Hay sangre hasta en la pared. Se enjabona las manos e intenta limpiarse la sangre que se le ha quedado impregnada en la camiseta, encima la que lleva puesta es blanca, así que la da por perdida. Coge el móvil del bolsillo trasero de los tejanos y, con el dos por ciento que le queda de batería, le envía un wasap a la agente Begoña, por si aún está a tiempo de traerle algo de ropa.

—Mierda, tengo que cargar el móvil.

Es lo primero que Vega le dice a Daniel, que la ha estado esperando en el salón. Es el único lugar de la casa donde se puede estar más o menos tranquilo. Daniel ha estado repasando el momento, hace apenas cuarenta minutos, en el que Maya solo ha sido capaz de decirles con voz temblorosa: «Nunca tuvieron que venir», seguido del escalofriante: «La muerte me persigue».

—¿Volvemos arriba? —propone Daniel—. El agente Navarro me ha dejado una linterna.

Con todo lo que ha pasado, a Vega se le había olvidado la buhardilla.

—Sí, hay que volver.

Nada es normal en este escenario terrorífico en el que cada uno ha vuelto a su trabajo, mientras la cabeza de Izan sigue esperando en el mostrador a que el juez llegue y emita la orden para su traslado al Anatómico Forense, a la espera de hallar el resto de las partes del cuerpo.

Vega y Daniel se ponen los guantes de látex y regresan a la buhardilla que, por el momento, solo conocen ellos. A Daniel le entran todos los males al volver a ver el estrecho hueco por el que tiene que subir. Enciende la linterna, se la da a Vega. Cuando ella llega antes que él, solo es capaz de soltar:

—Jo-der. Daniel, vamos, sube.

Daniel se impulsa hacia arriba y se sitúa al lado de

Vega. La buhardilla debe de tener unos ocho metros cuadrados, pero en ella se condensa tanto horror, que los inspectores sienten que les falta el aire y no es por las reducidas dimensiones del espacio en el que se encuentran. Esparcidos por el viejo suelo de madera que cruje a cada paso, están los restos del cadáver de Izan, o eso deducen.

—¿Pero cómo los subió hasta aquí?

—No subió las partes hasta aquí, eso habría sido fácil, por lo que estamos ante un asesino fuerte, pero tampoco demasiado grande, porque no cualquiera entra por el hueco del armario. No, a Izan lo subió enterito hasta aquí —sopesa Vega, dirigiendo el haz de luz por las partes del cuerpo descuartizado—. Muerto o vivo, no lo sé, pero lo descuartizó aquí con el hacha que ves en el catre —añade, enfocando el arma.

—O el asesino es muy dejado, o pensaba que no íbamos a dar con este zulo. ¿Y dónde están los demás?

—A simple vista, aquí solo hay un cadáver, tampoco es que haya espacio para mucho más. Dos brazos, dos piernas... el torso —sisea Vega, conteniendo una arcada al enfocar con la linterna la carne del torso abierta en canal, los órganos sobresaliendo como en un mal sueño—. Joder. —Vega se cubre la boca, la nariz, se cubriría los ojos si pudiera para no seguir mirando—. En el supuesto caso de que el asesino haya utilizado el hacha con el resto de desaparecidos, Izan debió de ser el último en morir.

—¿Pero dónde ha metido al resto? Tres personas, Vega, no puede hacer desaparecer así como así a tres personas más.

—O a dos más. ¿Y si ha sido uno de los invitados de Maya? ¿Bruno? Seguimos sin encontrar nada de su estancia aquí, y Maya ni siquiera sabía su apellido. Así que, o estas partes pertenecen a la cabeza que tenemos abajo, o el asesino es aún más retorcido de lo que pensamos. Y... fíjate, Daniel —añade Vega, avanzando los dos pasos que la separan de un escritorio. Hay un portátil con la tapa medio abierta y, enfrente, colgado en la pared con un cáncamo, un panel de corcho con multitud de fotos de crímenes. No son fotos agradables. En el centro, destaca una foto de la propia Maya años más joven, acompañada de una chica en lo que parece una discoteca por las luces violetas que les llenan las caras de sombras y el montón de gente que hay a su alrededor—. Uff... los compañeros de la científica tienen trabajo aquí, vamos a avisarles.

—Como mucho podrán entrar dos.

—Pues que entren dos —dice Vega, tirando de una cadenita que cuelga del techo—. Anda, si hay luz. —La inspectora clava la vista en la bombilla desnuda que oscila en el techo agrietado y lo llena todo de una luz macilenta que empeora aún más si cabe el color de las partes del cadáver—. Madre mía, pero qué ha pasado aquí.

Patones de Arriba, dos días antes
Madrugada del martes, 18 de mayo de 2021

El grupo anotó e imprimió a todo color las fotografías del equipo al completo del centro Mia, con un total de ocho psicólogos en plantilla.

¿De esos ocho profesionales, a quienes habrán despedido?

No había manera de saberlo, a no ser que llamaran al centro y preguntaran.

Todos, enfundados en batas blancas delante de un fondo también blanco, les otorgaba un aire de pureza impostada. Posaban de la misma forma, seguramente por recomendación del fotógrafo. Plano medio, brazos cruzados, sonrisas afables, caras y miradas de personas en las que se puede confiar.

Cenaron y bebieron vino tinto (bebieron mucho vino tinto...) entre las fotos de los psicólogos, las de las víctimas, los portales de sus casas, los escenarios donde habían encontrado sus cadáveres...

Maya no intervino en ninguna suposición, a cuál más descabellada. Parecía estar fuera de esa investigación de locos. Empezó a pensar que había sido una muy mala idea invitar a esas personas a las que consideraba amigos. Ahora que los tenía delante, saltaba a la vista que solo tenían mierda en la cabeza: crímenes. Asesinos en serie. Sangre. Cuerpos descuartizados como las chicas que, desde las fotografías esparcidas sobre la mesa del comedor, la miraban desde otro tiempo, desde otra vida.

El secreto a espaldas de su marido la estaba decepcionando. Y en solo unas horas. ¿Qué iba a hacer con esa gente el resto de la semana? Seis días más le parecían una eternidad, pensarlo la agobiaba. Quizá, la gracia estaba en reunirse una vez a la semana para comentar los avances de cada investigación desde la distancia de una pantalla y cada uno en su propio espacio. Ahora, tenerlos ahí, tan cerca, la abrumaba, y Bruno también, desde que había dicho esas palabras malditas que la habían escupido al pasado:

«... acabarás muerta».

Pensó en Cristina, claro. Y recordó aquella amenaza de María, la chica rara que, a los dos años de empezar el instituto, se evaporó como si jamás hubiera formado parte de su día a día.

—¿En qué piensas? —le preguntó Bruno.

—En nada.

—Eso es lo que decimos cuando pensamos en todo.

Maya lo miró intrigada.

—¿De dónde has sacado eso?

—Mmmm... psicología —rio—. No, qué va, no es mío, lo leí por ahí.

—Ah.

—Chicos —tomó la iniciativa Bruno—. Es muy tarde.

—Señaló el reloj de pared. Eran las tres de la madrugada. Todos tenían los ojos somnolientos y rojos por el exceso de alcohol, pero lo cierto era que, salvo Bruno y Maya, los demás parecían no querer que terminara el día, como si quisieran apurar las horas al máximo sin necesidad de descansar—. Sería bueno ir a dormir ya, ¿no?

—Espera, espera…, que ya casi acabamos —lo cortó Izan, dividiendo las fotos de los psicólogos por hombres y mujeres. Cinco mujeres y tres hombres, entre los que se incluía a José Gago, el único que sabían que continuaba ejerciendo como psicólogo en el centro, pese a haber sido quien atendió a las pacientes asesinadas—. Vale. José Gago descartado. ¿Y este? Marco Ruíz.

—Pero si tiene cara de angelito —opinó Sonia.

—Joder, está como un tren —soltó Alina.

—Mañana llamamos al centro. A ver si sigue trabajando. El otro hombre es demasiado mayor, ¿cuántos años debe de tener? ¿Sesenta y tantos? Estará a punto de jubilarse.

—¿Y si ha sido una mujer? —elucubró Sonia.

—No, imposible —negó Izan con seguridad—. No, qué va, estos asesinatos son muy de hombre.

—¿Muy de hombre? Ah, ¿que hay asesinatos muy de hombre? A ver, listillo, cuéntame por qué estos asesinatos no podría haberlos cometido una mujer —se rebeló Alina, colocando las fotos de las cinco psicólogas delante de él.

—Pues porque es demasiado turbio, esto no ha podido hacerlo una mujer.

Izan se mantenía en sus trece.

—¡Ya! —rio Bruno, dando un golpe sobre la mesa—.

114

A dormir. Maya… ¿nos dices qué habitación nos toca?

—Claro. Coged vuestras mochilas. Izan y Sonia en la misma habitación, ¿no?

La parejita asintió emocionada. Era su primera noche durmiendo juntos. Habían quedado en Madrid: un café, una cena, algunas salidas al cine… pero ambos vivían con sus padres y económicamente no iban muy boyantes como para reservar una habitación en un hotel, ni siquiera en un hostal, así que no habían encontrado la intimidad deseada que la casa rural de Maya les ofrecía esa semana. Un sueño, vaya.

—A mí, si puede ser, ponme en una habitación lejos de estos dos, que huelo las feromonas a distancia —espetó Alina entre risas.

De las tres habitaciones que hay en la planta baja, separadas del salón por un pasillo al que se accede a través de un arco, Maya les dio a elegir. Izan y Sonia se decantaron por la primera habitación, Alina por la tercera, *lejos de esos dos*, recalcó, y Bruno… bueno, a estas alturas, ya podemos intuir dónde durmió Bruno pese a hacer el paripé de dejar su mochila en la habitación número 2.

A Maya le era imposible conciliar el sueño. Había transcurrido media hora desde la última mirada que Bruno le había dedicado, una mirada cargada de complicidad que había borrado de un plumazo el mal rollo que le había transmitido al decir aquello de «… acabarás muerta». Y ella, que expresamente le dijo que estaría en la última planta, todavía esperaba que él abandonara la habitación 2 y subiera al apartamento que compartía con Nico.

¡Nico!

Maya miró su móvil. Se le había ido el santo al cielo. Lo había tenido en silencio durante todo el día, no le había hecho ni caso. El resultado: tres llamadas perdidas de Nico, una de ellas realizada en el momento en que se había besado con Bruno en la calle, a la vista de todo aquel que estuviera espiando por alguna ventana, y un wasap preguntándole si todo iba bien, que por qué no contestaba a sus llamadas.

Y ahora…

Madre mía.

¿Cómo iba a contestarle a las cuatro menos veinte de la madrugada? Qué desastre.

Dejó el móvil sobre la mesita de noche y se tumbó en la cama con el deseo de que Bruno llamara a su puerta, pero los minutos transcurrían lentos, pesados, y no debía de decidirse pese a haberle hecho entender que subiría, que lo que más deseaba en este condenado mundo era estar con ella.

—Qué imbécil soy… qué imbécil —murmuró, mirando de reojo el armario tras el cual se ocultaba su cuarto secreto. Se había dejado el portátil con la tapa medio levantada. En el corcho seguían esperándola infinidad de casos en los que se centraba un par de días

116

y después los olvidaba para pasar al siguiente. Y es que ocurren tantas cosas, hay tantos casos en los que centrarse..., que llegar a una conclusión es dificilísimo. Ella pierde el interés enseguida, al contrario que el resto, que pone el ojo en un caso como el del Descuartizador, y lo defienden a muerte hasta llegar a alguna conclusión plausible.

A Maya se le pasó por la cabeza abandonar ese mundo, despedirse del equipo. ¿Qué se había creído? ¿Qué se habían creído todos? ¿Que eran más capaces que la policía? Y, sin embargo, le seguía doliendo que el asesino de Cristina se hubiera ido de rositas. Quizá, algún ciberinvestigador como Izan, Sonia, Alina o Bruno, hubiera dado con la verdad, pero no era algo que se llevara tanto a principios del siglo XXI como ahora. Todo había cambiado, y cualquiera que tuviera acceso a internet parecía ser capaz de desentrañar un misterio, por muy siniestro que fuera.

A las cuatro de la madrugada, cuando Maya estaba a punto de caer rendida, llegaron los dos golpes en la puerta con los que tanto había fantaseado desde que se había encerrado en el apartamento. Se levantó con el corazón desbocado y un hormigueo recorriéndole el cuerpo, abrió la puerta y ahí, plantado en el umbral, la esperaba Bruno ebrio de vino y excitación. Lo que Maya vio en sus ojos fue un hambre voraz. Lo que notó en sus labios fue un ansia viva por devorarla.

CAPÍTULO 15

Madrid, 1998

¿Te puedes hacer una idea de lo que es que te miren y no te vean de verdad? Sentir que te repudian. Que no eres nada. Que si mañana desaparecieras, a nadie le importaría, al contrario, puede que hasta se alegraran de que ya no pertenezcas a este mundo. Nadie dedicaría un solo segundo de su preciado tiempo en pensar en ti.

María se pasó el verano encerrada en casa, soportando el calor infernal de Madrid y el traqueteo de las obras, mientras ahí fuera la gente hacía planes, una vida de lo más emocionante: unos se iban al pueblo, otros a la costa, en familia, con amigos… María solo tenía a la loca de su madre y ni ella le dirigía la palabra. La última vez que le había teñido el pelo (de rosa) fue en abril. Ya estaban a mediados de agosto y no había vuelto a comprar tinte. Ya ni siquiera cocinaba y la nevera daba tanta pena como el pelo de María. La madre se pasaba el día frente a la pantalla del televisor. Que realmente viera algo, era otra historia. Su cuerpo estaba presente, pero su mente, su energía, su alma... A saber.

—¿Aún tienes ganas de matarla? —le preguntó una noche el fantasma de José María, que había vuelto a hacer acto de presencia desde hacía unas semanas.

—Todos los días de mi vida —le contestó María con frialdad.

Al día siguiente (María recordaría siempre que era miércoles, 19 de agosto, que hacía mucho calor y estaban haciendo obras en la esquina del bloque maldito donde vivía), abrió el armario de la cocina donde sabía que su madre guardaba dinero en una cajita que aún conservaba el olor del surtido de galletas Birba. Se sorprendió al ver que había mucho dinero, fajos de billetes enrollados y sujetos con gomas elásticas.

«¿De dónde saca tanto dinero si nunca sale de casa?», se extrañó, cogiendo un total de cinco mil pesetas, aunque sabía tan poco del mundo, que no tenía ni idea de si era mucho o poco para lo que tenía pensado comprar.

Pese a no llevar ninguno de los vestidos rimbombantes de siempre que su madre le obligaba a ponerse para ir al instituto, y si no, prepárate, que la hostia iba a ser buena, la gente la miraba igual. Desprecio, asco, pena...

«¿Qué les pasa? ¿Qué tengo de raro, de especial?», se preguntó, incómoda, llevándose la mano al escote descubierto. Llevaba una camiseta de tirantes azul. Se miró las piernas, embutidas en unos tejanos cortos que le iban un poco pequeños. ¿Quizá estaba enseñando demasiado? ¿Es que no están acostumbrados a ver a una chica con camiseta de tirantes y pantalones cortos en pleno verano?

Entró en un bazar donde tenían de todo. Desde televisores hasta ventiladores, lámparas, aspiradoras, planchas... y lo que ella venía a buscar:

—Una máquina para raparme el pelo.

El dependiente la miró anonadado, disimulando el desagrado que la joven le provocaba, y no era algo físico, había algo más que no le daba buena espina. Fue en busca de un total de cinco máquinas y, en silencio, las dejó encima del mostrador de metacrilato, escudriñando la concentrada expresión de su joven clienta.

—¿Cuál es la mejor? —preguntó María.

El dependiente señaló una.

—¿Y la más barata?

El dependiente señaló la del extremo contrario.

—¿Y un intermedio?

—Esta te servirá —atajó, antes de que siguiera haciéndole preguntas que no tenía ganas de responder. Cuanto antes se largara de la tienda, mejor; lo que desprendía, aun sin conocerla, le incomodaba—. Son mil quinientas pesetas.

«Una ganga», pensó María pagando al contado. Teniendo en cuenta que su madre debía de tener más de un millón de pesetas en casa, o eso había deducido sin atreverse a hurgar demasiado en la caja, no se daría cuenta de que le había sustraído cinco mil.

María salió del bazar feliz como unas castañuelas de regreso al asfixiante piso de Antonio Grilo. Su madre ni se enteró de que había salido. Fue directa al cuarto de baño. Se miró en el espejo. Pensó en Maya. ¿Qué pensará de su nuevo aspecto? Se despidió de esa melena irregular que le llegaba hasta la cintura, de los tirabuzones con los que su madre se había obsesionado en el pasado, de las raíces negras y las puntas rosas que al tacto se asemejaba a las cerdas de una escoba. Cogió las tijeras y empezó a cortar, al principio y con temor las puntas, luego de cuajo, a la altura de la nuca. De los nervios, empezó a reírse, y la risa se mezcló con el ruido de la máquina de afeitar que María miró como si fuera un objeto extraterrestre. Era tan ingenua, que no tenía ni idea de que hiciera tanto ruido.

BRRRRR.

BRRRRR.

BRRRRR.

María seguía riéndose mientras los mechones descoloridos iban esparciéndose por el suelo y la madre, desde el salón, la seguía llamando:

—¡Maríaaaaaa! ¡Maríaaaaaa! ¡¿Qué demonios haces, Maríaaaaaaa?!

La risa se convirtió en llanto cuando ya no había más mechón que rapar al cero. María se llevó la mano a la cabeza, acarició el tacto áspero de cada pelo, notó la forma irregular del cráneo, cerró los ojos e imaginó ser otra persona. Sí, cada vez estaba más cerca de convertirse en lo que estaba destinada a ser.

—¡Maríaaaaaaaa!

La madre abrió la puerta de sopetón, sin llamar ni nada. Paralizada ante la nueva imagen de su hija, que se miraba con orgullo en el espejo, parecía que la mandíbula se le iba a descolgar de esa cara cada vez más arrugada, fea y cansada.

—¿Pero qué te has hecho? —gimoteó, agachándose y agarrando los mechones de pelo como quien se despide de su posesión más valiosa—. Dios mío, no, no… pero ¿qué has hecho? —repitió, irguiéndose y levantando la mano con la intención de girarle la cara a María. Pero ella fue más rápida. La agarró de la muñeca al vuelo, amenazante. Se acercó a escasos centímetros de la cara de la madre y le dijo, con la misma maldad con la que había amenazado a Cristina meses atrás:

—Vuélveme a tocar una sola vez más y te mato, zorra.

La madre no la volvió a tocar. No hizo un amago, siquiera. Porque en los ojos de la que había sido su *niña*, su tesoro más preciado corrompido por la vida, vio al padre, al bestia del padre que la pegaba y la humillaba y que por suerte se mató en un accidente de moto tres meses antes de que ella diera a luz a ese otro monstruo en una sala de paritorio fría y llena de extraños.

No se heredan los traumas, no se hereda la locura. Pero sí es posible que se herede la maldad.

CAPÍTULO 16

Patones de Arriba
Jueves, 20 de mayo de 2021

Ya es mediodía cuando dos miembros de la policía científica trabajan a destajo en la buhardilla con la intención de abandonarla cuanto antes. No solo las partes desmembradas del cadáver de un hombre, supuestamente Izan Morgado, y el hacha manchada de sangre que no tardarán en analizar, han provocado que ese lugar sea terrorífico e inquietante. Hasta el más escéptico sería capaz de percibir la energía negativa que desprende el lugar, algo frecuente cuando ha habido una muerte violenta, como si los muertos gritaran, se rebelaran ante la injusticia, ante el daño que les han hecho.

El juez ha hecho acto de presencia a las doce y media. No han hecho falta palabras, su cara desencajada lo ha dicho todo.

—Qué barbaridad, madre del amor hermoso. En mis treinta años de carrera solo he visto algo así una vez.

—¿La Dalia Negra española? —ha tanteado Daniel.

—Efectivamente, subinspector Haro. El caso lo llevó el comisario Gallardo cuando era inspector. Pueden preguntarle, pero fue un caso complicado. No encontraron nada, ni una sola huella, y, sin embargo, aquí han dejado el hacha. Es curioso. Es muy curioso.

Vega y Daniel se han mirado con la complicidad de dos compañeros que han trabajado codo con codo desde hace años. Quizá, pese al hermetismo y la altivez del comisario, con quien nadie en comisaría se siente del todo a gusto, podrían hablar con él. Puede que se les escapara algo de aquel crimen, tan abominable como este, tan idéntico, que empiezan a barajar la posibilidad de que se trate del mismo asesino.

—¿Pero diecinueve años después? Si se trata del mismo asesino, ¿qué lo ha motivado a actuar años más tarde? —se extraña Daniel, sentado a la mesa de la terraza El Poleo, el único restaurante que han encontrado abierto en la calle del Despeñadero de Patones de Arriba.

—Lo único que tenemos claro es que está relacionado con Maya. ¿Se sabe algo de ella?

—Nada.

—En cuanto se recupere, tenemos que hablar con ella. Ella debe de saber quien…

—¡Jefes! —irrumpe una voz conocida. Los agentes Begoña y Samuel se acercan a Vega y a Daniel y se acomodan en las dos sillas libres—. Qué buena pinta tiene ese cocido. ¿Solo una ensaladita, inspectora? Por cierto, te traigo ropa, que las manchas de sangre son difíciles y feas de ver. Uff, pero cómo se te ha quedado la camiseta, Vega. En fin, que nos han dicho que estabais aquí y que el asunto es jodido.

—Muy jodido —conviene Daniel—. Os hago un resumen...

Begoña y Samuel escuchan atentamente al subinspector, mientras le echan un vistazo a la carta que la camarera les tiende y eligen plato. Desde fuera, parecen cuatro amigos disfrutando de una sobremesa en un agradable y cálido día primaveral. Nada más lejos de la realidad. Porque, por los gestos que componen los agentes, de desagrado total pese a estar acostumbrados a todo, y la seriedad que muestran Vega y Daniel, se puede intuir la gravedad del asunto.

Sin embargo, y pese a lo mucho que hay por contar, la conversación solo dura media hora. La comida se les atraganta y el mundo se detiene cuando un grito desgarrador procedente del interior del restaurante los sobresalta. La primera en levantarse es Vega, seguida de los agentes, y, por último, de Daniel, a quien le han jodido la última cucharada del cocido que estaba a punto de llevarse a la boca, reservándose el choricillo para el final.

Las mesas del interior del restaurante están vacías. Entre semana apenas hay gente en Patones de Arriba. El grito, de mujer, viene de la cocina, donde Vega se cuela sin necesidad de mostrar su placa. Por el camino, ha entrado en la barra y ha esquivado a un hombre alto y grande de mediana edad que pregunta:

—¿Qué pasa, Jimena, qué pasa?

Jimena, la cocinera, es incapaz de contestar. Tras el grito que ha proferido y que ha alertado a los policías, Jimena se queda paralizada frente al congelador, que ha cerrado de sopetón provocando un gran estruendo. Cuando Vega se sitúa a su lado, señala el congelador con dedo tembloroso. Nada aterra ni sorprende mucho cuando te anticipas a los hechos. Y Vega sabe qué va a encontrar, pero no tiene ni idea de a quién.

Daniel, Begoña y Samuel ya están dentro. Sacan a Jimena de la cocina y miran con expectación a Vega, que está a punto de abrir la tapa abatible del arcón. En cuanto la abre y mira hacia adentro, la sobresalta el regusto amargo que le transmiten los ojos abiertos a los que se enfrenta. No es la expresión serena que ha visto horas antes en Izan. El rostro congelado que Vega observa, expresa dolor y sorpresa ante el inminente final que le esperaba, a saber de qué manera.

Vega cierra los ojos, como queriendo negar la realidad, y se le escapa su manido:

—Joder. Es una chica muy joven —les informa Vega a sus compañeros, volviendo a fijar la mirada en el interior del arcón donde, además de la cabeza decapitada, están también los brazos, las piernas, el torso abierto en canal como el del hombre del cuarto secreto, y todo esto entre bolsas congeladas de verdura—. Es Alina o Sonia, otra de las desaparecidas.

Patones de Arriba, dos días antes
Martes, 18 de mayo de 2021

Sonia salió de la habitación creyendo que era la primera en levantarse, ya que la casa estaba en completo silencio. No podía borrar la sonrisa de su cara. La noche con Izan había sido perfecta, especial, inolvidable. Por fin juntos. Por fin solos. Durante lo que le quedara de vida, Sonia recordaría esa habitación en la que Izan le había hecho el amor lento, despacio y con cuidado, sabiendo que era su primera vez.

Cruzó el pasillo y fue directa al salón, desde donde vio a Maya de espaldas en la cocina preparando café y tostadas.

—¡Buenos días! —saludó Sonia enérgica, dejando atrás su timidez habitual.

Maya, poco acostumbrada a que la interrumpieran así en la cocina, se sobresaltó, llevándose la mano al pecho y echándose a reír. Sus ojos brillaban tanto como los de Sonia y por el mismo motivo, porque la noche con Bruno había sido... Guau, es que no había otra palabra, solo un *Guau* seguido de un suspiro de adolescente. Pero ninguna de las dos confesarían que esa noche les había cambiado la vida.

—Qué susto. Buenos días.

—Perdona. Mmmm… qué bien huele.

—¿Quieres café?

—Sí, gracias. Gracias por todo, Maya, te estás tomando tantas molestias que…

—No es molestia. Es un placer teneros aquí —dijo Maya, sirviéndole una taza de café. Por un momento, hasta pareció sincera—. ¿Quieres leche? ¿Azúcar?

—Un poco de leche, por favor.

Mientras le añadía leche al café, Maya se percató de que las mejillas de Sonia estaban sonrosadas y sus labios irritados por el continuo contacto con la barba áspera de Izan. Lo dedujo sin necesidad de preguntar nada. Maya solo se limitó a sonreír.

—Has madrugado. No son ni las ocho —dijo Maya por decir algo. Los silencios prolongados la incomodaban.

—Suelo madrugar bastante. Dormir me parece una pérdida de tiempo.

—Hoy podríamos salir. Dejar de lado el tema del Descuartizador y sus crímenes, conocer el entorno…

—Sí, el día se presta, ¿verdad?

—Va a hacer bueno —confirmó Maya distraída, con la mente dos plantas más arriba, en las sábanas revueltas con olor a sexo donde todavía descansaba Bruno. Al pensar en lo ocurrido hacía escasas horas, al calor placentero que se le instalaba en el vientre se le sumó una punzada de culpa por Nico, y, como si lo hubiera invocado, este llamó, su nombre centelleando en la pantalla del móvil—. Perdona, voy a atender la llamada.

—Claro.

Maya salió de la cocina y contestó con un seco «Sí» de camino al exterior, donde los gatos callejeros la reclamaban para que les pusiera algo en el cuenco vacío. Se sentó en el banco de piedra pegado a la fachada y escuchó:

—¿Por qué no me devolviste las llamadas, Maya? No contestaste ni a mis mensajes. ¿Qué pasa? Estoy preocupado, hay mucho trabajo en Huesca, pero si quieres que vuelva, vuelvo.

—No hace falta. Es que estuve todo el día encerrada en la cocina probando nuevas recetas, postres, sobre todo, y se me fue el santo al cielo, no he hecho caso del móvil. Ya sabes, en nada llega el verano y estamos a tope, hay que innovar.

—¿Nuevas recetas? Dime alguna.

A Maya no se le ocurrió ninguna.

—Ya lo verás.

—Vale. ¿Pero estás bien? —insistió Nico.

—Que sí, que no te preocupes. Haz tu trabajo y ya nos vemos la semana que viene, ¿vale?

Quizá remarcó demasiado lo de «la semana que viene», pero es que Maya no quería ningún imprevisto. Si Nico aparecía por ahí y conocía a sus amigos, a Bruno, especialmente… No, no, no. No quería ni pensarlo.

—Oye, cuídate. Y, si puedes evitarlo, no tomes más pastillas de esas, no te hacen bien, te dejan atontada. Sin receta médica, a través de esa traficante de pastillas que a saber de dónde las saca, no es seguro para ti.

—Nico, sé cuidar de mí misma.

—Lo sé, solo… solo me preocupo por ti, Maya.

Maya se sintió fatal. No había pasión, lo suyo con Nico era rutina, comodidad, la seguridad de saber que había alguien al otro lado. Lo quería, pero no como antes. Nada que ver con los fuegos artificiales que hubo al principio. Ella, aunque era consciente de que toda relación larga se resiente y en la mayoría de casos es prácticamente imposible conservar la magia, no quería conformarse con menos. Anoche, con Bruno en su interior, pensó que esa chispa no debería irse jamás, pero la realidad es que se va, siempre se acaba yendo cuando no es la persona indicada. Maya temía que el problema fuera suyo al ser incapaz de apreciar lo que tenía. La realidad era que empezaba a imaginar un futuro con Bruno pero, al mismo tiempo, tenía miedo de que le ocurriera lo mismo que le ocurría en ese momento con Nico: que llegara a aborrecerlo.

—Te quiero —le dijo Nico antes de colgar.

Maya fue incapaz de responder a eso. Y el motivo la esperaba en la cocina, sentado junto a Sonia, dándole un sorbo a un café que él mismo se había servido.

—Buenos días —lo saludó con voz temblorosa.

Bruno la miró, le sonrió y, debido a la presencia de Sonia, se contuvo de no agarrar a Maya por la cintura, estrecharla contra su cuerpo y enterrar la cabeza entre sus pechos. Maya lo volvía loco.

—Le he dicho a Sonia que estaría bien salir a dar una vuelta —comentó Maya.

—Vale, por mí genial —contestó Bruno—. Al que va a ser más difícil de convencer es a Izan.

—Ya ves. Está obsesionado con el Descuartizador, cuesta alejarlo de las fotos, los mapas... —rio Sonia, poniendo los ojos en blanco—. Pero yo le convenzo —añadió, divertida, guiñándoles un ojo.

—Te veo de buen humor, Sonia —se mofó Bruno, y en el gesto de Sonia al sacarle la lengua, ambos se dieron cuenta de lo joven que era, de las pocas hostias que le había dado la vida, de todo el camino que aún le quedaba por recorrer.

En Sonia, de solo veintidós años, Maya vio a Cristina, que no tuvo tiempo de madurar, de crecer, de mirarse en el espejo y descubrir la primera cana ni las arrugas de expresión de un rostro que sería, en el recuerdo de quienes la quisieron, eternamente joven. Para que no la vieran llorar, Maya volvió a salir con la excusa de que les iba a dar las sobras de anoche a los gatos callejeros.

CAPÍTULO 17

Madrid, 1998-1999

Todos en el instituto, profesores incluidos, se percataron del cambio de María. Nadie le dijo nada, asumiendo que así era como tenía que ser. Quizá ese verano le había servido para conocerse y averiguar quién era en realidad, dejando atrás el pelo largo, rosa o rubio platino, los tirabuzones, los vestiditos pomposos de película de terror. No solo se había rapado el pelo al cero, sino que había cambiado drásticamente su manera de vestir y de presentarse al mundo. Su conjunto ya no era ridículo ni esperpéntico, pero sí les parecía amenazante, casi tanto como su mirada o su forma de andar, por lo que los cuchicheos y las bolas de papel impactando contra su nuca desaparecieron, pero no la indiferencia. Y todo porque Cristina, que seguía siendo la sombra de Maya, fue diciendo por ahí que era un bicho más malo que la tiña y que la había amenazado:

—Me dijo que me iba a matar, tío, es que es muy fuerte, ¿no? Está como una puta cabra.

A principios de septiembre, unos días antes de que empezaran las clases, María salió de casa y fue a comprar ropa con la misma ingenuidad con la que había entrado en el bazar a por la máquina de afeitar. Ese día cogió diez mil pesetas de la caja de galletas. Pensó en Maya y en su forma de vestir, con tejanos ajustados y tops cortos, enseñando el ombligo hasta en invierno. Pero se miraba en el espejo de los probadores y se veía ridícula, ella no era así, ella no...

Al final, compró tres tejanos tan anchos como las camisetas, varios jerséis de colores discretos alejándose del rosa que había predominado toda su vida, y unas deportivas de marca. Seguía robándole dinero a su madre sin que ella se diera cuenta. O a lo mejor fingía, como fingía no escucharla cuando le decía que ya estaba en casa. Si hasta su madre la ignoraba, como dándola por perdida o temiéndola, ¿a quién le iba a importar que, de un día para otro, se la tragara la tierra?

Entraba en clase cabizbaja. Sus ojos solo se iluminaban al ver a Maya, pero incluso ella la evitaba desde su encontronazo con Cristina antes de las vacaciones de verano.

—¿Te gusta? —le preguntó una mañana en la que la encontró sola en el pasillo.

—Estás muy cambiad... —Maya se detuvo, sacudió la cabeza, comprimió los labios—. Muy cambiada, sí.

Pareces otra.

—¿Para bien?

—Sí. Creo que sí.

—¿Crees?

A María se le daba bien imitar a los demás, adoptar poses, copiar palabras o expresiones. Ese «¿Crees?» brotó de sus labios coqueto, espontáneo. Estaba flirteando con Maya. Y lo hacía imitando los gestos, la manera de hablar y la postura que había visto hacía dos días en un italiano intentando llevarse al huerto a una chica casi tan bonita como Maya.

—Me tengo que ir —esquivó Maya, y eso enfureció y entristeció a partes iguales a María.

—¡¿Por qué no eres capaz de mirarme a la cara?! —preguntó María, pero Maya se alejó a toda prisa en dirección al aula.

Cuando coincidía con Cristina, podía ver en su mirada esquiva el miedo que le tenía. Por ello, María se sentía poderosa, como si ser portadora de tanto mal fuera algo de lo que sentirse orgullosa. Y así fueron pasando los meses. María intentando captar la atención de Maya y Maya ignorándola, haciendo ver que no existía, y podía aceptarlo de cualquiera, pero de ella no. A María le enfurecía que le hubiera dado la espalda, que ya no quisiera dirigirle la palabra ni por compasión. De vez en cuando, recordaba al chico al que mató en el descampado de noche, a oscuras, sin testigos. Sangre derramada para nada, se decía, pero qué bien se sintió cuando le clavó la primera puñalada y después la otra y otra más, y así hasta perder la cuenta. Le fascinaba lo que el recuerdo la hacía sentir. Si no la habían pillado, seguía pensando con obsesión, podía hacer lo que le viniera en gana. Lo que fuera. Y no pasaría nada.

—No pasaría nada, ¿verdad? —le decía a su reflejo en el espejo cada vez más distinto. Le costaba reconocerse en esa nueva persona que le devolvía una mirada capaz de comerse el mundo.

Fue a mediados de enero de 1999, cinco meses después de haber amenazado a su madre con que si la volvía a tocar la mataba, cuando decidió hacerle caso al instinto que se le presentaba en forma del fantasma de un niño de diez años.

—Mátala. Mátala, no la soportas, mátala, no pasará nada.

—No pasará nada —repitió María, y con solo imaginarlo, volvía a sentir ese calorcito placentero recorriéndole el cuerpo, ese calor que...—. ¿Con qué la mato?

—Rájale la garganta.

El niño muerto dirigió su diminuta manita al cuello, señalando su propia garganta rajada a manos de su padre en ese mismo piso en 1962.

—¿Por qué soy así? —se lamentaba María.

—Te han hecho así —respondía el niño.

—Ella me ha hecho así.

—Ella, sí. Ella te ha hecho así. Merece morir.

—Merece morir —dijo María en trance—. Merece morir.

Cinco minutos antes de encontrar la muerte a manos del niño que salió de sus entrañas y al que confundió toda su vida metiéndole en la cabeza que era una niña, ¡su niña!, y que no hiciera caso de lo que le dijeran, que ella, ¡ella!, se llamaba María, la madre, premonitoria, repetía desde el sillón:

—Tenía que pasar. Porque los años pasan. Los años pasan y los cuerpos cambian y no se puede luchar contra la naturaleza, no, a la naturaleza no se le puede engañ...

No vio venir la hoja afilada del cuchillo clavándose en su garganta y callándola para siempre. María le rajó la yugular con tanta fuerza y tanta ira, que le seccionó la laringe, imitando la forma macabra de una sonrisa de payaso.

Pensando que nadie echaría de menos a la loca de su madre, María se quedó ese fin de semana en casa con el cadáver en el sillón. La sorpresa congelada en el rostro cerúleo de la madre cada vez más frío y rígido, no desapareció. Y los ojos se le quedaron abiertos, como si aún estuviera viendo el televisor encendido.

Pero siempre hay alguien que precipita tu huida. Aunque no sepas de su existencia. Había alguien que empezó a echar de menos a la madre de María. Era un putero adicto a ella y a las madrugadas en vela en hostales de mala muerte. Así era como la madre de María se ganaba la vida, fugándose a altas horas de la madrugada, mezclándose con cuerpos que no la atraían, repudiándose a sí misma, enloqueciendo día a día. Gracias a esas noches extenuantes en las que vendía su cuerpo por la necesidad de darle un futuro a la *niña* que ya había dejado de ser su *niña*, porque la naturaleza siempre termina imponiéndose, la madre, que solo era una mujer triste, fatigada y maltratada por la vida, acumuló una fortuna que escondía en la cajita que aún conservaba el olor del surtido de galletas Birba.

CAPÍTULO 18

Patones de Arriba
Tarde del jueves, 20 de mayo de 2021

—No, Marco, no llego para cenar. No creo ni que hoy vaya a dormir a casa.

—¿Hay mucho lío?

Vega mira a su alrededor. Los compañeros de la científica, ahora repartidos entre la casa rural de Maya y el restaurante, no dan abasto y han tenido que venir refuerzos de Madrid. ¿Que si hay mucho lío? Bueno, podría ser peor. La prensa podría estar pululando y estorbando por Patones de Arriba, cuya tranquilidad se ha visto truncada de la noche a la mañana, y, de momento, no han hecho acto de presencia.

—Esto está siendo… —«Una masacre, lo peor que he visto en mi vida. Es horrible. Quiero irme de aquí»—. Sí, hay mucho lío. Ya te contaré.

—Vale. No te molesto más. Cuídate.

—Te quiero.

—Y yo.

En cuanto Vega corta la llamada, Daniel, que ha estado pendiente de ella y le ha jodido ese «Te quiero» casi tanto como haberse dejado el choricillo del cocido sin comer, se acerca a ella.

—El cadáver del congelador es Sonia Navarro.

—Solo tenía veintidós años. Joder, qué mierda. —Vega mira la hora en el móvil, son las cuatro y media de la tarde—. Nos faltan Alina Vicedo y Bruno —añade, sin esperanza de encontrar a al menos a uno de los dos con vida—. ¿Pero Bruno qué más? No quiero precipitarme, Daniel, pero ese tal Bruno tiene todas las papeletas de haber sido quien ha hecho esto. Que no hayamos encontrado sus pertenencias y sí las de los otros tres... Huele mal.

—Yo también lo pienso.

—Begoña y Samuel, interrogad a los vecinos. Llamad a todas las puertas que podáis, especialmente a las casas que quedan cerca de la casa rural. Es posible que el grupo saliera a dar una vuelta y los vieran. Mientras tanto, Daniel y yo vamos a hablar con Jimena, si es que se le ha pasado un poco el shock, y con Pepe, el dueño del restaurante.

—Hecho.

Vega sacude la cabeza, mira a su alrededor, se lamenta que:

—Con lo bonito que es este pueblo... es especial,

tranquilo, y mira la que tenemos liada...

—Pasan cosas malas siempre, Vega, en todas partes, da igual lo bonito que sea el entorno, la gente...

—Sí, la gente —le interrumpe pensativa, triste—. Hay gente que lleva el demonio dentro.

Pepe y Jimena los esperan sentados a una de las mesas de la terraza del restaurante ahora lleno de policías. La mujer sigue temblando como cuando ha descubierto el cadáver desmembrado en el arcón, aunque es posible que solo haya reparado en la cabeza, colocada en el centro a propósito. Vega emplea un tono suave y tranquilo para dirigirse a los trabajadores del restaurante. Si ayer, miércoles 19 de mayo, Maya denunció las desapariciones, Vega deduce que el asesino dejó el cadáver durante la madrugada o la misma noche del martes. Todo es confuso y no poder interrogar a Maya lo complica todo.

—¿A qué hora cerraron el restaurante ayer?

—Los miércoles no abrimos —contesta el hombre—. Pero el martes, el martes era día...

—Dieciocho —lo ayuda Daniel.

—Dieciocho, sí. Cerramos a las once, once y media.

—Doce menos cuarto —lo corrige Jimena.

—Tenemos una cámara que activo de noche, cuando cerramos —revela Pepe con apuro—. Verán, es que no sé si es muy legal, está oculta entre las trepadoras de la fachada de piedra del local y apenas se ve, pero...

—Ahora no se preocupe por la legalidad de la cámara, Pepe. —Vega mira a Daniel con complicidad, pensando que ojalá todos cometieran ese tipo de infracciones, porque así, qué fácil sería su trabajo si cada casa o piso tuvieran una cámara enfocando hacia la vía pública pese a resultar invasivas—. ¿Dónde podemos ver la grabación?

—Pues... en una tarjeta SD. Se la he preparado, ya sabe, por si...

—¿Hay más cámaras? —pregunta Vega esperanzada—. ¿En el salón, en la cocina...?

—No, no hay más. Solo esa ahí fuera.

—Perfecto, nos será de mucha ayuda.

—Pero la cerradura no estaba forzada ni nada, no lo entiendo.

Jimena baja la mirada.

—Puede que no cerrara con llave, Pepe —confiesa.

—¿Pero cómo se te puede pasar algo así, Jimena?

—De hecho, me acuerdo porque no dormí en toda la noche pensando en si le había echado la llave o no, pero aquí en Patones nunca pasa nada, ¿saben? La gente no roba ni entra en las casas, estas cosas aquí no pasan —recalca con la voz queda.

—Entonces ¿no cerró con llave la misma noche del martes? —quiere asegurarse Daniel.

—Exacto. Y el miércoles fui a Madrid a ver a mi hermana y ya se me pasó por completo —se excusa la cocinera.

—Jimena, por Dios, el restaurante sin la llave echada dos días —resopla Pepe angustiado—. Que no vuelva a pasar.

—No, no… —niega Jimena, aún traumatizada, como si sus ojos, en lugar de ver el suelo, todavía vieran la cabeza decapitada de Sonia.

—Bueno, tranquilos. Ahora mismo le echamos un vistazo al contenido de la tarjeta y les decimos. Quédense aquí, por favor, y gracias por su colaboración.

Pepe, mano temblorosa, mirada perdida en el infinito, le entrega la tarjeta SD a Vega que, junto a Daniel, abandonan el restaurante en busca de un lugar tranquilo y a poder ser un poco escondido, donde abrir el portátil y mirar todo lo que la cámara captó entre la noche del martes y la madrugada del miércoles.

Encuentran la calma que necesitan en una callecita sin salida con vistas a las montañas. Vega y Daniel se sientan con las piernas cruzadas y las espaldas apoyadas en la fachada de piedra negra de una casa que parece abandonada, abren el portátil e introducen la tarjeta.

—A cámara rápida, Vega, que no tenemos mucho tiempo.

Vega, con la mirada fija en la pantalla del portátil, retrocede y avanza, hasta situarse en la noche del martes 18 de mayo.

—La cámara se activó a las doce menos diez de la noche —murmura, con Daniel a su lado, intentando toquetear el teclado hasta que Vega le da un manotazo—. Que no toques, Daniel, ya lo pongo a cámara rápida.

La una, las dos, las tres, las cuatro de la madrugada del miércoles 19, día en el que Maya denunció la desaparición de sus amigos a las cinco y veinte de la tarde... y ahí no pasa nada, da la sensación de que la imagen esté congelada.

—Pasa a la noche del...

Daniel se calla de golpe al ver que la cámara ha captado un movimiento.

—Pero qué... —espeta Vega.

A las 4.22 de la madrugada del miércoles 19 de mayo, once horas antes de que Maya denunciara la desaparición de sus huéspedes, el objetivo de la cámara semioculta entre la hiedra que trepa por la fachada del restaurante, captó a una mujer.   Melena oscura, larga hasta la cintura, espalda encorvada, como si se sintiera incómoda con su estatura.

—Mierda, el plano es demasiado picado, no se le ve la cara.

Lleva un vestido con estampado de flores de lo más extraño.

—Mi abuela tenía una muñeca de porcelana con un vestido parecido —señala Daniel, en el momento en que ven a la altísima mujer avanzando en dirección a la puerta que Jimena se dejó abierta, arrastrando una maleta que parece pesar mucho por cómo la arrastra.

—Llevaba a Sonia dentro —elucubra Vega.

—Descuartizada, seguramente.

—Joder...

La figura se mueve con nerviosismo frente a la puerta del restaurante. Lleva algo en la mano para forzar la vieja cerradura, una ganzúa, probablemente, cuando se da cuenta de que la llave no está echada y de que, al girar el pomo, la puerta se abre. Debía de estar pensando en la suerte que había tenido. Gira la cabeza, seguramente para comprobar que no hubiera nadie. Solo se le ve la coronilla, la melena agitándose con cada uno de sus movimientos frenéticos y nerviosos, agarra la maleta y con ella desaparece en el interior del restaurante, donde Pepe les ha dicho que no hay cámaras.

—Estuvo dentro quince minutos.

—El cadáver ya estaba desmembrado —opina Vega—. No se han encontrado restos de sangre en la cocina.

—Ni en otro lugar, solo en la buhardilla que siguen analizando.

Ven salir a la supuesta asesina a las 4.37 con la maleta, ya vacía, sin los restos de Sonia que ha esparcido dentro del congelador. A medida que se aleja del local, endereza la espalda, quedando a la altura del marco de la puerta de entrada de la casa de al lado con aspecto de estar abandonada.

—Es muy alta —sopesa Vega—. ¿Cuánto mide esa puerta? Porque la mujer debe de rondar el metro setenta y cinco, metro ochenta, y eso limitaría muchísimo la búsqueda. ¿Cómo es Alina Vicedo?

—Alina tiene el pelo oscuro —contesta Daniel con seguridad, recordando su fotografía en el documento de identidad que ha tenido ocasión de ver—. Si resulta ser tan alta, podría ser la mujer que dejó el cadáver

144

desmembrado de Sonia en el congelador de El Poleo.

—Y la asesina —se estremece Vega.

Patones de Arriba, dos días antes
Martes, 18 de mayo de 2021

La última en levantarse fue Alina, a quien le encantaba remolonear en la cama. Entró en la cocina sobre las diez de la mañana, presentándose ante todos con los ojos hinchados, todavía somnolientos.

—¿Hay café? No vuelvo a acostarme tan tarde —se lamentó.

—Pues verás cuando llegues a los cuarenta y cuatro que tengo yo —bromeó Bruno. Era un líder nato. Maya se fijó en cómo lo miraban todos, con una mezcla de respeto y admiración. A pesar de ser el último en unirse al orgulloso equipo de ciberinvestigadores, sus opiniones eran siempre las más consideradas. Las mejor recibidas. Cuando Bruno hablaba, callaban todos. Lo que él decía iba a misa—. Bueno, ahora que estamos todos, hemos pensado en ir a dar una vuelta, que nos dé un poco el aire.

—El Descuartizador no espera. Quiero irme de aquí con un sospechoso convincente —niega Izan.

—Vaaaaamos, Izan, solo será una horita, dos como mucho. Quiero conocer el pueblo y el entorno —le pidió Sonia. Izan rio, la besó, y Maya pensó que ojalá la

145

relación o lo que fuera que había empezado con Bruno pudiera ser así de espontánea y poder abrazarlo y besarlo cuando se le antojara y delante de cualquiera. Pero algo se lo impedía: la alianza que lucía en el dedo anular, la misma alianza de la que, en ese momento, se deshizo con disimulo, agachándose para esconderla en uno de los cajones bajos del mueble rústico de la cocina.

—Venga, vale, pero solo una horilla —aceptó Izan.

—Solo una horilla —imitó Alina con retintín—. Además, todos tenemos claro que el Descuartizador podría ser el otro psicólogo, el que está para mojar pan.

—¡Alina! —rio Sonia.

—Marco... —trataba de hacer memoria Alina—. ¿Marco qué más?

—Ruíz. Marco Ruíz —contestó Bruno.

—¿Qué sabemos de él? —inquirió Alina, que apoyó los codos sobre la mesa e impulsó su cuerpo hacia delante, clavando los ojos en Bruno, algo que a Maya le molestó una barbaridad, sobre todo sabiendo que había pasado una noche en su casa porque pilló un billete de tren barato que llegó a Madrid a las once y pico de la noche del domingo. ¿Y si también se había acostado con ella? ¿Y si Maya no era la única?

—Se sabe poco —contestó Bruno. A Maya le encantó el gesto de Bruno, indiferente a los encantos de Alina—. Está casado con Vega Martín, una reputada inspectora de la Brigada de Homicidios y Desaparecidos del Cuerpo Nacional de Policía, bastante popular por resolver casos complejos y en tiempo récord.

—¿En cuánto tiempo? —se interesó Izan.

—Depende. Una semana, dos días, doce horas... —resolvió Bruno. Nadie preguntó de dónde había sacado tanta información sobre la inspectora. Sabían que Bruno tenía sus contactos, acceso a información privilegiada a través de foros de la *Deep Web* que manejaba mejor que todos ellos juntos—. ¿Os acordáis de la chica de dieciocho años que desapareció en febrero?

—Ah, sí. La mató el novio de la madre porque de quien estaba enamorado era de la hija y la hija lo rechazó, ¿no? —recordó Sonia.

—Exacto. Esa inspectora tuvo a ese hombre en el punto de mira desde el minuto uno. Se olió lo que había pasado enseguida, como si fuera clarividente. Le hizo un par de preguntas, y el tipo se derrumbó. Veinticuatro horas. En veinticuatro horas había pillado al asesino y hasta confesó dónde había enterrado el cuerpo —les contó Bruno—. Y este es solo un ejemplo, estaría bien saber qué otros casos ha resuelto. Por curiosidad.

«Ojalá haber tenido a una inspectora así en el caso del asesinato de Cristina», rumió Maya, que permanecía de pie y en silencio, y es que, ¿acaso había un mayor misterio que el que envolvía el asesinato de su amiga, la famosa Dalia Negra española?

—Ahí lo tienes —cayó en la cuenta Alina—. Su mejor coartada es su mujer. Es el asesino en serie perfecto. Puede actuar una y otra vez y la policía no lo tendrá en cuenta porque está casado con una de ellos y, además, por lo que cuentas, una muy buena.

—Pues yo sigo pensando que el Descuartizador es José Gago —terció Izan—. Y que, precisamente por eso, porque cómo va a matar a sus propias pacientes y no a las de otro psicólogo para disimular, las mata. Es otra coartada perfecta. Se deja ver en saraos, se pasa media vida en la consulta, la otra media en bares, discotecas... pero, en algún momento del día, las persigue, las deja KO, las mete en el maletero y las mata.

—Bueno, va, acabad de desayunar y salimos —los animó Maya, con ganas de dejar de hablar de muertes, asesinatos y monstruos, percatándose de que Bruno dirigió la mirada a su dedo anular, desprovisto de la alianza, y sonrió. Que estuviera tan pendiente de ella, incluso de los más pequeños detalles, tenía que significar algo.

—Por cierto, que Bruno no os cuenta nada de su vida, pero vais a flipar cuando os diga dónde vive —soltó Alina, acelerando los latidos del corazón de Bruno, que le decía que no con la cabeza, que no dijera nada—. No pasa nada, Bruno, mola mucho, y yo te agradezco que me dejaras dormir en tu piso, que no conozco a nadie en Madrid y los tortolitos viven con los papis.

—Pero di dónde vive, joder —se exasperó Izan.

—¿Conocéis la calle Antonio Grilo?

—¡Qué fuerte! ¿Vives en el edificio maldito de la calle Antonio Grilo? ¿El número 3? —se emocionó Sonia—.

Buah, tenemos que ir, siempre he querido entrar en ese edificio, da un mal rollo... se han hecho pelis, han escrito libros... y luego está también la bodega del número 9. Encontraron una fosa con fetos de una clínica de abortos clandestina de la posguerra y ya muchos años antes, en el siglo XVIII, un sacerdote mató a un hombre cuando la calle se conocía como la de las Beatas. Fijo que todo viene del asesinato del sacerdote, una especie de maldición o algo.

—Sí, la historia de esa calle viene de lejos. Yo conozco todas las historias de ese edificio, vamos, del más famoso, el portal 3. Once muertes en total —se hizo el interesante Izan, dispuesto a resumir la leyenda negra—: Todo se remonta a 1915, cuando degollaron a un hombre en el portal. Le siguió el crimen del camisero treinta años después, a finales de 1945. Al hombre lo golpearon con un martillo o una porra y en sus manos tenía un mechón de pelo, por lo que hubo forcejeo. Encontraron su cadáver cinco días después de ser asesinado, dedujeron que fue víctima de un robo. En el 62 a un sastre se le fue la olla. Mató a los cinco hijos, a la mujer, y luego se mató él, ya podría haber empezado por ahí, el muy cabrón. En 1964 una vecina de la primera planta fue detenida por ahogar a su hijo recién nacido, alegó que para ocultar su deshonra, la muy asquerosa. Envolvió el cuerpo en una toalla y lo escondió en el cajón de una cómoda hasta que la hermana de la asesina lo encontró. Y el último crimen fue a principios de 1999, en el 3º D, el mismo piso donde el sastre mató a su familia. Degollaron a una mujer. La encontraron sentada frente a la tele encendida con el cuello abierto. Llevaba muerta varios días. Era prostituta, y la policía nunca encontró al culpable. Dedujeron que había sido por un ajuste de cuentas o que la había matado alguien que odiaba a las prostitutas, cosas así, ya sabéis, la mentalidad de antes. Los vecinos le dijeron a la policía que la mujer tenía una hija adolescente con la que discutía mucho, pero nunca apareció. ¿En qué piso vives tú, Bruno?

Bruno, incómodo, miró con el rabillo del ojo a Alina como si la fuera a matar por haber desvelado dónde vivía, antes de contestar en un murmullo:

—En el 3º D.

—Hostia.

CAPÍTULO 19

Madrid, 1999

El teléfono no paraba de sonar, la cabeza le iba a estallar. Era el putero, buscando desesperado a la madre porque llevaba dos noches sin aparecer por el hostal y sin darle *lo suyo*, y no tardaría en averiguar dónde vivía.

María tenía que salir de ese piso cuanto antes. Porque, tarde o temprano, alguien entraría y sabrían lo que había hecho.

Cada vez que miraba el cadáver de la madre sentía que iba a enloquecer, aún más de lo que ya lo estaba, porque, ¿qué persona cuerda mata de la manera en la que lo había hecho ella a su madre? Sin embargo, no sentía ni un ápice de remordimiento. No lloró. Lo intentó, pero era como si se hubiera olvidado de llorar. Se esforzaba en recordar la tarde que había pasado con Maya en el hospital, pero el momento se presentaba borroso en su

151

memoria.

«Llorar es la manera que tiene el dolor de salir de dentro», le dijo.

Pero María no sentía dolor. No sentía nada, su interior estaba vacío.

«Alguien vendrá», empezó a emparanoiarse.

Si no, ¿por qué el teléfono sonaba cada dos por tres con tanta insistencia? ¿Quién echaba de menos a su madre? ¿Quién quería contactar con ella, si no tenían familia, o eso era lo que ella decía siempre, que solo se tenían la una a la otra, que no les quedaba nadie?

Se sentía confundida. O confundido. No sabía qué era. Su principal misión en ese momento era encontrarse después de años llenos de confusión, caos, frustración, maltrato. Su madre ahora muerta, con una sonrisa de payaso roja en el cuello que, en el momento en que lo abrió, lo había salpicado todo de sangre, le había envenenado la cabeza. Le había metido muy dentro que era una niña, pero ella, él, a partir de ese momento, no se veía ni se sentía como tal. Le había salido vello por todo el cuerpo y su vientre era fibroso, así como sus pechos planos y firmes, cubiertos de pelusilla oscura.

Ya no era un tarado. No era un enfermo. Era un chico. Un chico de dieciséis años que se convertiría en un hombre y esperaría lo que hiciera falta para volver a Maya y conquistarla con su nuevo *yo*, uno que fuera incapaz de reconocer y ubicar de esa otra vida que estaba a punto de dejar atrás. Eso incluía, claro, desaparecer un tiempo.

Se colocó frente al espejo del cuarto de baño. Internamente, le dijo adiós a *María*. No quería volver a escuchar ese nombre en su vida. El fantasma del niño de diez años le sonreía. Su madre ya no volvería a darle órdenes respecto a cómo tenía que llevar el pelo, ahora rapado, no volvería a obligarlo a dejárselo largo ni a teñirlo de rubio o de rosa, según la estación del año. Sus cejas gruesas, esas que tanto le desagradaban a la madre, seguirían su curso, así como la barba, tan evidente pero tan escasa todavía. Los vestidos abandonados en el armario. Los zapatitos de princesa. Las coronas de flores que llevaba en la cabeza a los tres años. Las muñecas de porcelana encerradas en la vitrina de cristal. Una de las cosas que hizo antes de marcharse, fue abrir el armario y agarrar una por una esas malditas muñecas de porcelana y estamparlas contra el suelo. Las pisoteó hasta destrozarlas, desatando así toda la rabia que habitaba en su interior, esa rabia que, de vez en cuando, se apoderaba del vacío, del hueco oscuro como un pozo.

Puso patas arriba la lóbrega habitación de la madre llena de crucifijos y viejos cuadros de pinturas religiosas. Abrió los cajones de las mesitas de noche y los de la cómoda y lo revolvió todo hasta encontrar su partida de nacimiento, porque no llegaría a tener un DNI en condiciones hasta dos años más tarde, al cumplir la mayoría de edad. Su nombre estaba tachado, aunque se intuía una J al inicio y una S al final.

¿Qué nombre le había puesto la loca de su madre?

Donde indicaba el sexo del recién nacido, ponía claramente «niño», pero la madre también lo había tachado y además con furia, agujereando el papel con la punta de un lápiz. Fue lo único que se llevó de la habitación. Su partida de nacimiento. Lo único que demostraba su existencia.

Después se dirigió a la cocina y alcanzó la caja de galletas sin saber que en su interior no había un millón de pesetas como pensaba, sino veinte, y le iban a solucionar la vida.

Mientras María, que ya no era María pero aún no había decidido cómo se iba a llamar de ahora en adelante, viajaba de noche y sin que nadie le hubiera hecho preguntas, en el primer autobús que salió de la estación con destino a Cáceres, la policía, alertada por el putero, echó abajo la puerta del 3º D del número 3 de la calle Antonio Grilo. Ese edificio oscuro y siniestro daba escalofríos. Cuando te adentrabas en el oscuro rellano, parecía que te iban a poseer los demonios, que los fantasmas atrapados te iban a devorar o que tras la puerta de cualquier piso ibas a darte de bruces con un cadáver en avanzado estado de descomposición.

—Joder, qué mal huele —farfulló el inspector Antonio Gallardo mientras cruzaba el recibidor en compañía de dos agentes. El hedor procedía del salón, donde les estaba esperando Helena Parra con el cuello abierto, sentada en un sillón frente al televisor encendido y salpicado de sangre—. ¡LA HOSTIA! Pero ¿qué puto animal ha hecho esto?

CAPÍTULO 20

Patones de Arriba
Noche del jueves, 20 de mayo de 2021

Cae la noche en Patones de Arriba, cuando una anciana a la que casi le da un síncope, descubre un tercer cuerpo descuartizado y abandonado en uno de los callejones del enclave medieval. Al principio, la pobre mujer pensaba que era una muñeca rota. La curiosidad le ha podido al saber la que hay liada en el pueblo, lleno de policías como nunca antes se ha visto, así que se ha acercado. Enseguida se ha dado cuenta de que no era una muñeca, que era real, que estaba frente a un cadáver cortado a cachitos, con la sangre incrustada en las extremidades que en su momento manó escandalosa, y así se lo ha dicho al primer agente de la Guardia Civil que ha encontrado.

Efectivamente, el tercer cadáver, oculto en un callejón oscuro y sin salida que no conduce a ninguna parte, ha sido descuartizado con la misma saña con la que despedazaron a Izan Morgado y Sonia Navarro, cuyos restos ya han sido trasladados al Anatómico Forense a la espera de que les realicen la autopsia que revelará que fallecieron envenenados. La hipótesis que Vega y Daniel barajaban hace un par de horas al saber que Alina medía metro setenta y cinco, y, por tanto, coincidía con la estatura de la mujer que ha metido el cadáver desmembrado de Sonia en el congelador del restaurante, se ha ido al traste.

Porque el cadáver del callejón es el de Alina.

Vuelven al misterio de Bruno, a sospechar de él.

¿Pero quién es Bruno?

—Nada, esto es un caos. Aquí vive muy poca gente y nadie ha visto nada. El grupo debió de pasar desapercibido o no salieron de la casa rural de Maya durante las cuarenta y ocho horas que estuvieron ahí antes de que desaparecieran —les ha dicho Begoña, instantes antes del descubrimiento del tercer cuerpo—. No les suena de nada ningún nombre, tampoco el de Bruno, ni han podido dar ninguna descripción física. Solo conocen a Maya, claro, y todos hablan bien de ella. Una chica reservada que va a lo suyo y no se mete en problemas, una buena vecina —ha leído en sus notas—. Una anciana que vive en el número veintiocho de la calle del Real nos ha dicho que vio a la propietaria de la casa rural besuqueándose con un hombre que no era el marido, pero era de noche y su hijo nos ha dicho que no le hagamos mucho caso, que tiene demencia senil, así que…

157

—Es una testigo poco fiable —ha añadido Daniel.

—O no. A lo mejor sí los vio. ¿Pero besándose con quién? ¿Con Izan o con Bruno? —ha expuesto Vega—. Nos urge hablar con Maya, es la única que nos puede aclarar lo que ha pasado.

—Te recuerdo que se ha cortado las venas, que ha perdido muchísima sangre. Ni siquiera sabemos si sigue viva, Vega —ha razonado Daniel.

—Os juro que ahora mismo me cambiaba por Leonardo —ha soltado Vega, frustrada—. Prefiero los asesinatos del Descuartizador a esta mierda.

—Uff... otro que tal baila, no tienen absolutamente nada y el comisario está que trina. Además, esos asesinatos en serie se han hecho demasiado mediáticos y tenemos suerte de que a Patones no haya llegado ni un solo periodista —ha comentado entonces el agente Samuel, sacudiendo la cabeza y echando un vistazo al entorno atestado de gente, curiosos que han empezado a observar el ambiente tras los cordones policiales, como si esta tragedia fuera el acontecimiento del año en el pueblo—. Y hablando del comisario... viene de camino.

Todos han mirado a Samuel con sorpresa.

—¿El comisario dignándose a abandonar la comodidad de su despacho? —ha preguntado Begoña con sorna.

—Sí, dice que tiene que hablar con vosotros y que quiere hacerlo en persona, porque lo mejor será que nos quedemos por aquí hasta que todo se calme —ha contestado Samuel, dirigiéndose a Vega y a Daniel—. Resulta que ha recordado un caso de hace años, cuando él era inspector, o algo así.

—Ya. El juez nos ha dicho que Gallardo llevó el caso de la Dalia Negra española, una chica que apareció decapitada en 2002 y, adivinad, era la mejor amiga de Maya, la propietaria de la casa rural.

—No jodas —ha exclamado Begoña.

—Sí, se nos ha pasado contároslo. Por eso viene Gallardo, a ver si esta vez atrapamos al asesino que se le escapó, porque, seguramente, se trata del mismo. Supongo que, al final, a todos se nos enquista algún caso. Si no se resuelve, se convierte en una cuenta pendiente.

—¿Pero diecinueve años después? —se extraña Samuel, a lo que Daniel se encoge de hombros y dice:

—Ya ves, yo he pensado lo mismo.

Ahora, Vega, en cuclillas, mira fijamente los ojos sin vida de Alina sin pensar que solo es una cabeza, que el resto de las partes del cuerpo se las han ido llevando. Intenta distanciarse emocionalmente del macabro asesinato, de este y del de Sonia e Izan, pero le es inevitable empatizar con el terror y el dolor que esa alma, ahora libre, debió de sentir durante sus últimos instantes de vida. O se dan prisa en analizar las huellas del hacha que han encontrado hace unas horas en la buhardilla, o irá personalmente al laboratorio a patearle el culo al responsable; sin embargo,

Vega cree que, con Alina, utilizaron otra hacha. Es horrible imaginar a alguien descuartizando esos cuerpos jóvenes y llenos de vida con todo un futuro por delante como quien corta leña para calentarse en invierno. Quien ha hecho esto es un monstruo sin corazón. Un sádico.

—Vega, levántate… llevas diez minutos así —le pide Daniel, aun sabiendo que, cuando Vega se obceca con algo, es capaz de estar una semana sin dormir hasta resolver lo que sea que se le presente. Pero lo que ha pasado en este pueblo es demasiado retorcido incluso para ella.

—Alina Vicedo. Veintiocho años. Pero qué mierda ha pasado aquí… Fíjate en el tacto de la carne, Daniel. Está tierna, ha debido de morir hace un par de horas, tres o cuatro como mucho, ¿y sabes qué significa eso? Que nosotros ya estábamos aquí, por lo que a ella no la han desmembrado con el hacha que hemos encontrado en la buhardilla, donde estaban los restos de Izan y toda esa sangre que… sangre mezclada, encontrarán ADN de Izan y de Sonia, seguro.

—Entonces, crees que…

—Creo que el asesino anda cerca, sí, que no se ha movido del pueblo —espeta Vega en una exhalación, levantándose y alejándose de la cabeza que un miembro de la científica se encarga de recoger, mareada de repente al mirar hacia todas y cada una de las casas apiñadas como dientes torcidos que parece que se le vayan a caer encima de un momento a otro—. Begoña, Samuel, seguid llamando a todas las casas. A todas —les ordena con voz grave.

—Vega, ya hemos llamado a todas las puertas que…
—intenta explicarle Begoña, pero Vega la interrumpe,
con esa mirada afilada de quien pretende volver a batir
un récord resolviendo un caso complejo en poco tiempo.

—Insistid en las casas donde no haya contestado
nadie, incluso en las que parecen abandonadas, que veo
que hay unas cuantas. Echad las puertas abajo si hace
falta, no tenemos tiempo para órdenes, así que yo asumo
cualquier responsabilidad. Y no os dejéis ni un hueco,
porque estas casas antiguas ocultan buhardillas, túneles
subterráneos…

—¿Túneles subterráneos? —se extraña Begoña,
pensando que a Vega se le está yendo la olla o ha visto
demasiada peli de terror.

—Sí, Begoña, túneles subterráneos y a saber qué más.
El asesino podría esconderse en cualquier parte y no se
nos puede escapar. Quiero a la Guardia Civil vigilando
todas las entradas y salidas del pueblo.

—Vale, vamos a por ello —acata Begoña, alejándose
junto a Samuel calle abajo para seguir las indicaciones de
Vega.

—Vega, se trata de una mujer, la hemos visto en la
grabación —tercia Daniel cuando se quedan solos.

—O de un hombre alto y delgado con una extraña
colección de vestidos y pelucas —elucubra Vega,
siguiendo, una vez más, su instinto, ese que, a veces,
también puede fallar(te).

161

Patones de Arriba, dos días antes
Martes, 18 de mayo de 2021

—Entre semana el pueblo es muy tranquilo —les iba diciendo Maya, caminando junto al resto por las laberínticas callecitas empedradas de Patones de Arriba que conocía como la palma de su mano—. Apenas te cruzas con gente.

—Ya lo veo —bufó Alina, ignorando que Maya no solo huía del bullicio, si no que temía a la mayoría de personas—. No está mal, pero para un rato. Yo prefiero el bullicio de la ciudad.

—Pues yo me quedaría a vivir aquí —contradijo Bruno a Alina pensativo, mirando de reojo a Maya y situándose a su lado.

—¿En serio vendrías a vivir aquí? —le susurró Maya al oído, sin que Alina, Izan o Sonia, que iban delante, alcanzaran a escucharla.

Bruno no contestó. Se limitó a sonreír, a asentir con la cabeza y ya.

—Es bueno saberlo —murmuró Maya con timidez.

—Madrid me cansa. Nunca me ha gustado.

—¿Siempre has vivido en Madrid?

—No. Digamos que… soy un trotamundos.

—¿Estás de alquiler en el piso de ese edificio, el… el edificio maldito? —titubeó Maya, en vista de que parecía

162

que a Bruno no le había entusiasmado que Alina revelara dónde vivía.

—Edificio maldito —repitió Bruno, eludiendo la pregunta de Maya. Se adelantó un par de pasos para unirse a Izan y decirle no sé qué de un juego de simulación virtual que tenía que probar.

Maya, soñadora, visualizó cómo sería su vida en el pueblo con Bruno, y eso solo lo haces con alguien que te gusta de verdad, aunque haya impedimentos. Estar casada (aunque no oficialmente) era un impedimento, pero Nico tampoco estaba mucho por ahí y parecía que había perdido el interés por ella... Solo le importaba su trabajo. Puede que estuvieran prolongando algo que ya estaba roto. A lo mejor él había conocido a una mujer sin traumas y más social que, al contrario que ella, no estuviera atrapada en un único lugar. Le estaba dando demasiadas vueltas a la cabeza, como quien busca con obsesión la juntura donde se ha iniciado la gotera, no podía evitarlo. Miraba a Bruno y sentía que eran compatibles, aun temiendo que solo se debiera a los fuegos artificiales que había sentido, tan únicos como fugaces en una relación. Al mismo tiempo, pensaba en Nico, y Maya empezaba a darse cuenta de que los años los habían convertido en planetas lejanos. Recordó entonces una frase de un libro que le había encantado, *Stoner*, de John Williams, que decía: «La persona que uno ama al principio no es la persona que uno ama al final». Cuanta verdad condensada en unas pocas palabras.

Se detuvieron en la Plaza del Llano, muy concurrida los fines de semana. Maya les contó que la antigua iglesia de San José, uno de los atractivos de la villa, que fue mandada a construir en 1653 por el arzobispo de Toledo, y de la que se conserva la torre, ahora es la Oficina de Turismo y hay una sala de exposiciones con un espacio en el que se proyectan películas. Añadió, dado el interés que mostraron sus invitados, que hay una pequeña capilla en la que se ve la imagen de la Virgen de las Candelas. Seguidamente, los condujo por un callejón que hay en la parte izquierda de la plaza, con la intención de llevarlos a la zona conocida como El Lavadero, compuesta por las casas de los primeros habitantes construidas con pizarra negra, algunas reformadas pero conservando el encanto de antaño. Avanzaron y descendieron por unas largas escaleras flanqueadas por casas que estaban dispuestas en un laberinto de empinadas calles rodeadas de montañas que Sonia admiró y, abrazada a Izan, exclamó:

—Guau, ¡qué vistas! Qué maravilla.

Tomaron la bajada directa al arroyo y siguieron su cauce en la dirección contraria a la corriente del agua. Dos minutos andando por la vereda, y llegaron a su destino, El Lavadero, con su mítica fuente y un puente digno de cuento de hadas.

—El lugar tiene mucha historia —les contó Maya, aliviada porque llevaban más de cuarenta minutos sin hablar de asesinos en serie ni asesinatos atroces, pero alma de cántaro, ¿qué quieres? Tú te lo buscaste—. Se

164

llama El Lavadero porque las mujeres del pueblo bajaban a lavar la ropa y las cacerolas. Aquí no llegó el agua del Canal de Isabel II hasta los años 80, así que venían a diario hiciera frío o calor. Ahora aún queda un poco de agua y, cuando llueve, es un espectáculo, ¿veis esa cascada? Es una delicia escuchar el sonido del agua cayendo...

—La sequía es un drama —comentó Sonia.

—Sí, en verano está totalmente seco y este año ha llovido poco, así que... —se lamentó Maya.

Regresaron a la casa rural con calma, disfrutando del entorno, del sosiego tan difícil de encontrar en la ciudad. Maya preparó una paella deliciosa. El día era espléndido, el cielo de un azul cloro uniforme como la seda y el aire estaba perfumado con el aroma de las madreselvas que, junto a las buganvillas, trepaban por la fachada de piedra. Entre Bruno e Izan sacaron al exterior una de las mesas del comedor, apetecía comer y beber fuera, bajo la sombra del platanero de la entrada.

—Yo me encargo del alcohol —les guiñó un ojo Bruno, vertiendo vino tinto en las copas de todos, ante la atenta mirada de Maya—. Con tu permiso, Maya.

—Sí, claro —sonrió ella.

Se le caía la baba con Bruno. Parecía haber caído presa de un hechizo. No podía dejar de mirarlo, de recrear una y otra vez en su cabeza cada caricia y cada beso de la madrugada anterior, y por eso estaba absorta, callada, a menudo fuera de la conversación que iba surgiendo.

El cielo se fue apagando hasta reflejar una tonalidad

de azul más frío, con nubes plateadas sobre la línea del horizonte, cuando a Izan se le ocurrió volver a sacar el tema del edificio maldito en el que vivía Bruno, quien, a su vez, volvió a mirar mal a Alina. En ese momento, Maya tenía el teléfono en la mano, la aplicación de WhatsApp abierta, a punto de mandarle un mensaje a Nico: «Lo nuestro no funciona. Cuando vuelvas, deberíamos hablar». Y a ver qué respondía él. A lo mejor era cierto que tenía a otra y le daba lo mismo. Pero un golpe violento sobre la mesa que lanzó un par de copas al suelo, la hizo cambiar de idea.

—¡¿Podéis dejar de hablar del puto edificio en el que vivo, joder?! —vociferó Bruno, con la cara encendida de rabia.

CAPÍTULO 21

Cáceres, 1999

Los fantasmas son una maldición. Da igual cuánto te alejes de ellos, siempre irán contigo. En eso andaba pensando el joven que se había llamado María y que ahora parecía llamarse *¡Eh, tú, mira por dónde vas!*, cuando paseaba sin rumbo por el casco antiguo de Cáceres, sin saber muy bien qué hacer. Llevaba horas sin dormir, el agotamiento empezaba a pasarle factura, se topaba con el fantasma de su madre con el cuello abierto en cada esquina. El autobús había parado en Cáceres a las seis de la mañana, y ahora, además de sueño, tenía hambre, y veinte millones de pesetas en una caja de latón de la que no se separaba. Era tal la fuerza con la que la agarraba, que se le habían agarrotado los dedos de las manos.

El cuello abierto de la madre, a esas horas en el Anatómico Forense, se le presentaba en bucle, así como aquel chico, Santi, exhalando su último suspiro. Como no sabía qué nombre *de chico* le había puesto su madre, pensó en la posibilidad de robarle el nombre a uno de sus dos muertos, decir que se llamaba Santi a quienquiera que le preguntara, actuar con normalidad, si acaso eso era posible después de lo que había hecho.

En Cáceres nadie lo miraba. No llamaba la atención, era un chico más, y eso se le hacía raro después de tantos años siendo el centro de atención, aunque fuera para mal. Se fijaba en el reflejo que le mostraban los escaparates de las tiendas por las que pasaba, imitando los andares de los chicos, y, como no tenía a nadie con quien hablar, hablaba solo, tratando de que su voz se volviera más grave, más auténtica, *más* de lo que él era y se sentía en realidad: un chico.

Ascendió las escaleras de la Plaza Mayor, se perdió por las callejuelas desconocidas, se detuvo en una y se sentó, con la espalda apoyada en la fachada de piedra marrón. Cerró los ojos. Lo invadió la calma. Habría asegurado que la cabezadita solo duró un segundo, cuando notó que un par de manos ásperas se le echaban encima, arrebatándole la caja de galletas que había dejado sobre las rodillas. Abrió los ojos de sopetón, con el corazón latiéndole a golpes, percatándose de que la caja había desaparecido y de que aún estaba a tiempo de pillar al cabrón que corría calle arriba con sus veinte millones de pesetas.

—¡Eh! ¡Eh! —le gritó, corriendo tras él y percatándose de que sus piernas respondían, que eran ágiles y rápidas pese a la cuesta empinada, que era capaz de alcanzar al chorizo que le había birlado el dinero.

Y así fue. Lo alcanzó. Se abalanzó contra el ladrón con violencia, tirándolo al suelo y deleitándose con el gran estruendo que produjo su pecho al estamparse contra los adoquines. Por el *crack* que escuchó, creyó que le había partido algún hueso. La caja con los veinte millones de pesetas aterrizó a escasos metros. Con suerte, no se abrió, destapando la fortuna que había en su interior.

—Hijo de puta —espetó, la cara encendida de rabia, levantándose con agilidad para recoger su caja.

—¿Qué tienes ahí?

¡Eh, tú, mira por dónde vas! se giró sorprendido. El ladrón, ya de pie, en lugar de escapar debido al hurto frustrado o rebelarse, se sacudía el polvo del jersey raído mirándolo orgulloso, con una calma digna de psicópata que helaba la sangre.

—¿Cómo te llamas? —le preguntó con interés, levantando la barbilla.

«María», contestó en lo más profundo de su ser, acordándose del momento en que Maya, en el pupitre de al lado, le hizo esa misma pregunta pero con un tono dulce que distaba mucho del tipo desafiante que tenía delante. Era joven, estaba sucio, le sacaba dos cabezas y su aspecto era fuerte, imponente. Le sorprendía haber sido capaz de aplacarlo, pero así es el instinto de supervivencia: impredecible y poderoso.

—¿No tienes nombre? ¿Te ha comido la lengua el

gato? —se burló el ladrón—. Eres rápido, joder. Nadie hasta ahora me había alcanzado, ni siquiera la poli.

¡Eh, tú, mira por dónde vas! no quería problemas, así que hizo un amago de largarse, cuando notó la mano del tipo dándole una palmada en la espalda. En lugar de quedarse paralizado, se volvió hacia él y le asestó un puñetazo en la cara.

—No vuelvas a acercarte a mí —lo amenazó entre dientes, intentando asustarlo como había hecho con Cristina en lo que ahora le parecía otra vida, pero el tipo ni se inmutó. ¿De dónde había salido? ¿Por qué se reía si le salía sangre de la nariz, si le había hecho daño? ¿Por qué no se defendía o le atacaba también?—. ¿Pero a ti qué te pasa? —añadió. Era una pregunta que había escuchado tantas veces en un tono chulesco, como para buscar guerra, que, en vista de la situación, le pareció de lo más adecuada.

—A mí nada —rio el chico—. Pero me da la sensación de que no eres de por aquí y de que estás metido en un buen lío.

¿Cómo lo sabía? ¿Era posible que alguien viera en sus ojos que había matado a su madre? ¿Que era un asesino? ¿Alguien lo estaba buscando? ¿La policía, tal vez?

—Yo… no… —titubeó.

—Ey, no pasa nada. Yo también me meto en líos. De hecho, soy un experto en líos —le aseguró, esbozando una sonrisa pícara—. Te puedo ayudar.

¡Eh, tú, mira por dónde vas! desconfió, claro. El

mundo es egoísta, nadie ayuda desinteresadamente, todos quieren algo a cambio.

El tipo se llevó la mano a la nariz en un intento de parar la hemorragia, al tiempo que espetó:

—Joder, qué buen gancho de izquierda, qué cabrón...

Seguidamente, el macarra que había intentado robarle la caja se llevó la mano al pecho y dijo con una solemnidad que no le pegaba nada:

—Soy consciente de que hemos empezado con mal pie, pero estamos a tiempo de arreglarlo. Yo te ayudo a ti y tú me ayudas a mí.

—¿Yo a ti? ¿Ayudarte en qué?

Ya empezaba a sentir un poquito de curiosidad por el macarra.

—Podríamos formar un buen equipo —insistió.

—Pero qué...

—Me llamo Bruno. ¿Y tú?

CAPÍTULO 22

Patones de Arriba
Noche del jueves, 20 de mayo de 2021

El comisario Gallardo llega a Patones de Arriba resollando. Saluda con un gesto seco de cabeza a los agentes de la Guardia Civil que custodian la entrada principal del pueblo. Nada más ver el percal y encontrarse con Vega y Daniel, el comisario se lleva las manos a la cabeza.

—Hay que solucionar esta mierda rápido, que suficiente tenemos con el Descuartizador, hostias, a la prensa solo le falta descubrir dónde vivo. Tres cuerpos descuartizados, me cago en mi puta vida.

—Maya Herrero denunció la desaparición de sus cuatro amigos, nos falta identificar a uno llamado Bruno, cuyo cadáver no ha aparecido, por lo que pensamos que podría tratarse del culpable. Tras el hallazgo de los restos de Alina Vicedo, hemos deducido que el asesino sigue en el pueblo. O seguía cuando nosotros hemos llegado —empieza a informarle Vega, con Daniel como una sombra a su lado—. Tenemos a varios agentes de la Guardia Civil custodiando todas las posibles salidas del pueblo por las que el asesino, en caso de seguir aquí, podría escapar. Begoña y Samuel han hablado con los vecinos. Nadie vio nada raro ni son capaces de ubicar al tal Bruno, y ahora están insistiendo en las casas donde no han obtenido respuesta y en las deshabitadas. Si es necesario, les he dicho que entren.

—Bien, me parece bien, siempre y cuando no pongamos a ningún agente en peligro, inspectora Martín.

Vega duda ante la advertencia del comisario. Es solo un segundo, suficiente para imaginar a Begoña y a Samuel colándose en alguna de las casas abandonadas donde podría ocultarse el asesino que, en vista de la violencia desmedida que emplea, no dudaría en atacarlos. Ignora el temblor que se apodera de sus rodillas y sigue hablando:

—En la última planta de la casa rural hay una buhardilla secreta. Se accede a ella a través de un falso fondo que hay tras el armario del apartamento que Maya y su marido comparten. Es donde hemos encontrado el hacha junto a unos brazos, un torso abierto en canal, las... —Vega se calla de golpe en cuanto el comisario empieza a hacer aspavientos y a sacudir la cabeza como para que no siga dando detalles escabrosos—. Pues... pues eso, que el hacha se utilizó contra Izan Morgado y Sonia Navarro, pero no con Alina Vicedo. Hasta es

173

posible que, cuando encontramos el hacha, Alina siguiera viva. Se han llevado a analizar el arma con urgencia a ver si encuentran coincidencias.

—Ya, ya, bueno, yo he venido porque, como sabéis, llevé el caso de la Dalia Negra española, el asesinato de Cristina Fuentes, amiga de Maya Herrero. Me llevé una buena bronca por parte de mi comisario, en paz descanse, pero aquel caso fue... fue un callejón sin salida. Ni una sola huella, ni un testigo... nada, y, como os está pasando a vosotros, Maya no nos ayudó. Se encerró en sí misma y esas paparruchadas, como si le diera todo igual, pero al menos no le dio por cortarse las venas, hostias —empieza a decir Gallardo sin empatía alguna, sin pensar que Maya fue y sigue siendo una víctima—. En fin, que he estado recordando y todo parece estar conectado. Intentaré ser breve. —El comisario vuelve a sacudir la cabeza, como si intentara quitarse de encima ciertas imágenes molestas—. Tres años antes, en el 99, encontramos el cadáver de una mujer en ese edificio maldito de la calle Antonio Grilo con el cuello... bueno, no decapitado, pero poco le faltó. Era prostituta, uno de sus clientes la echó de menos, nos llamó, y fuimos a ver qué pasaba, encontrándonos con el percal. Echamos la puerta abajo. El piso estaba revuelto, así que al principio pensamos que había sido un robo con violencia que se había ido de madre. Pero los vecinos nos dijeron que la víctima tenía una hija, y no había ni rastro de ella. O bien había asesinado a su madre, o también le había pasado algo. Fuimos al instituto donde estudiaba, y resultó que no era una chica, aunque llevara vestidos y el pelo largo, algo muy estrafalario, sino que era un chico con problemas mentales, según nos dijo su tutora. Su nombre era Jesús Cañizares Parra, pero se hacía llamar María. No hay ni rastro de él desde enero del 99, fecha en la que su madre fue asesinada. El padre murió en un accidente de moto antes de que él naciera, y en la actualidad no existe, no se sabe si está vivo o muerto. ¿Y a qué viene esto? Pues que Jesús, alias María, iba a clase con Maya, cuyo noviete adolescente fue apuñalado veinte veces en el 97 en el mismo descampado en el que cinco años después aparecieron los restos de Cristina. El caso de ese chico lo llevó un compañero ya jubilado y también se archivó a los tres meses. No encontraron nada.

»Lo curioso, es que la misma tarde en la que mataron al novio de Maya, *Jesús el desaparecido* ingresó en coma en el hospital. Le dieron una paliza que podría haber resultado mortal. Fuimos a hablar con la doctora que lo atendió en el 97. Habían pasado dos años, pero lo recordaba perfectamente, en los 90 no se veían muchos casos de chicos que se sintieran chicas y viceversa. Nos contó que la madre era muy devota, que a su *niña* nadie la entendía, que era un chico, sí, todo el mundo veía que era un chico, ya le estaba saliendo bigote y nuez en el cuello, ¿no?, pero que se sentía niña y que desde pequeño había insistido en que lo llamaran María. Lo malo es que en ese piso no había fotos. Ni una, como si Parra se avergonzara de su hijo. No encontramos ni la partida de nacimiento y el chaval, que tenía dieciséis años cuando desapareció, no tenía documento de identidad. No sabemos cómo era Jesús de joven, cuando iba de niña, no salía ni en las fotos de los anuarios, y mucho menos podemos saber cómo es ahora o bajo qué identidad se ha ocultado todos estos años... Pero esta vez no se nos puede escapar. Es un enfermo mental muy peligroso.

—O sea, que deduce que ese chico que se sentía chica, mató a su madre, mató a Cristina, la mejor amiga de Maya, a su novio años antes... Y ahora... Comisario, tiene que ver un vídeo. Jesús está vivo —confirma Vega con seguridad, pensando en las imágenes que captó el objetivo de la cámara de la fachada del restaurante semioculta entre la hiedra—. No hemos podido verle la cara, pero sigue usando pelucas y vistiéndose de mujer.

Patones de Arriba, dos días antes
Noche del martes, 18 de mayo de 2021

—¡¿Podéis dejar de hablar del puto edificio en el que vivo, joder?!

El golpe que sacudió la mesa, las copas volcadas en el suelo milagrosamente intactas, las caras anonadadas de todos, el silencio que Alina rompió en cuanto Bruno entró en el interior de la casa a grandes zancadas:

—¿Y a este qué coño le pasa?

—Voy a ver —decidió Maya, yendo tras él, al tiempo que el resto empezaron a servirse más vino y a opinar que a Bruno le faltaba un tornillo, que bien del coco, lo que se dice bien, no estaba.

—¿Pero de dónde salió? —le preguntó Sonia a Izan que, pensativo y con el ceño fruncido, contestó:

—Un día se metió en el grupo... De eso hace... ¿cuánto, seis meses? Me dijo que era bueno en informática, que podía encontrarlo todo en la *Deep Web*, donde se desenvuelve como pez en el agua y...

—¿Y? O sea, que en realidad no sabemos nada de ese tío. He podido estar durmiendo en casa de un psicópata por confiar en ti, Izan, pensando que solo metías en el grupo a gente de confianza —lo cortó Alina, molesta, dándole un ávido sorbo a su copa de vino.

Maya encontró a Bruno con las manos apoyadas con tanta fuerza en la encimera de la cocina, que tenía los nudillos blancos. La espalda encorvada, los hombros rígidos, en tensión, la mirada perdida hacia ninguna parte.

—Bruno... ¿Qué pasa? —preguntó Maya con voz pausada, como si Bruno fuera una bestia con la que hay que ir con cuidado, no acorralarla, no alterarla, por si acaso te salta a la yugular.

—Perdona. Perdona, no tendría que haber reaccionado así, me he pasado, es que... a veces no puedo controlarme.

—No pasa nada, solo... bueno, nos ha sorprendido.

—No sabes nada de mí, Maya. Lo mejor será que me vaya —sentenció Bruno con aspereza.

Una parte de Maya lo deseaba. ¿Por qué complicarse tanto? Si lo pensaba fríamente, Bruno era un problema, y los problemas, cuanto más lejos, mejor. Tenía que largarse, para que así olvidarlo fuera más fácil, y poder seguir con su cómoda vida en Patones de Arriba sin nada ni nadie que volviera a alterar su rutina. Incluso decidió, en ese preciso momento, que su secreto con Nico había llegado a su fin. No volvería a serle infiel y jamás le llegaría a mandar un wasap diciéndole que lo que tienen no funciona, que quiere dejarlo. Bruno se iría, no volvería a verlo. Tampoco volvería a ver al resto ni a participar en la investigación de ningún crimen o desaparición. Se creían muy listos, pensó Maya con desdén, y en realidad no eran más que unos frikis con ganas de llamar la atención que se obsesionan con facilidad. Basta. Se buscaría una afición más sencilla y menos macabra. Lo estaba viendo tan claro…: era demasiado rebuscado remover en el pasado, con la intención de redimirse por las respuestas que no pudieron obtener con el asesinato de Cristina. Todo había sido un error, y ese *todo* incluía haberlos invitado al pueblo. Pero la otra… la parte que quería volver a repetir lo que había ocurrido entre Bruno y ella la madrugada anterior, se negaba a creer que ese fuera el final. No volver a verlo, tocarlo, besarlo… la idea le parecía atroz, las lágrimas pugnaban por salir. Que el destino le hubiera presentado a alguien como Bruno para luego arrebatárselo o que ella le dejara marchar, le parecía una broma cruel.

—No hace falta que te vayas, Bruno —intentó disuadirlo—. Además, es tarde, no tienes coche y por aquí no...

—Me espabilaré.

Bruno le dio la espalda, fue hasta el salón y, seguidamente, aunque Maya ya no podía verlo, cruzó el arco que lo condujo al pasillo donde estaba su habitación. Una habitación con la cama hecha y el cuarto de baño sin usar, como si nadie la hubiera ocupado.

Bruno apareció al poco rato cargando con la mochila a su espalda. Una sombra cruzó por su cara al ver que Maya no se había movido del sitio.

—Me voy.

«Quizá quiere que se lo impida. Que le monte un numerito o una escena romántica o...».

La cabeza de Maya era un caos.

—Vale —aceptó—. No me parece bien, pero... como quieras.

—Alguien como yo no te conviene, Maya. En serio, olvídalo, olvídame, y que te vaya bien con Nico. Mi vida no ha sido fácil, no...

—¿Crees que la mía sí? ¿Crees que hay vidas fáciles? —se le encaró Maya, cruzándose de brazos—. Lo sabes todo de mí, pero la verdad es que yo no sé nada de ti.

Maya cayó en la cuenta de que se había enamorado de una persona a la que en realidad no conocía.

¿Pero cómo había sido tan estúpida?

Consecuencias de creerte el ombligo del mundo, Maya, de pensar que a nadie le puede pasar algo peor de lo que te pasó a ti, de hablar demasiado de tu pasado y de ti misma, dejándote engatusar por quien no debías, solo porque al fin alguien te hacía un poquito de caso. Tú, tú, siempre tú, Maya. No había espacio para nadie más, ni siquiera para la otra parte implicada que tanto parecía importarte, aunque en realidad no fuera más que una brutal atracción física: Bruno.

—Vete, no tenemos nada más de qué hablar.

Fue dura. En cuanto vio que los ojos oscuros de Bruno se volvieron vidriosos, se arrepintió de sus palabras y, sin embargo, no hizo nada. No movió ni un solo músculo ni dio un paso para alcanzarlo y pedirle que se quedara, que entrara en razón, que ya no volverían a hablar del piso del edificio maldito que tanto parecía repudiar Bruno, cuya expresión ausente se le presentaría a Maya horas más tarde cuando denunciara su desaparición.

Y no lo sabía.

Aún no lo sabía.

¿Acaso hay alguien que pueda adelantarse al futuro?

No obstante, de lo que Maya sí estaba segura, era de que nunca le había dicho a Bruno ni a los demás cómo se llamaba su marido y él le acababa de decir que le fuera bien con Nico. ¿O había escuchado mal? No, no, lo había dicho. Estaba convencida de que lo había nombrado, pensó, mordisqueándose una uña, mientras

Bruno se despedía con un gesto seco de Alina, Izan y Sonia, que le respondieron con la indiferencia que creían que merecía.

CAPÍTULO 23

Cáceres, 2001

Todo en esta vida, lo bueno, lo malo y lo peor, ocurre por algo, pensó, admirando la nueva propiedad que Bruno había adquirido en el Jerte, un paraíso natural con un gran potencial turístico. Desde que Bruno había descubierto los veinte millones de pesetas que contenía la caja de galletas, se le ocurrió invertirlos en antiguas y baratas propiedades que, entre ambos, fueron reparando para luego arrendarlas o venderlas a un precio superior. A sus dieciocho y veinticuatro años respectivamente, podría decirse que tenían la vida solucionada con un par de cuentas bancarias boyantes, aunque habían trabajado mucho y muy duro para llegar hasta ahí.

—Necesitarás un nombre. Un documento de identidad.

—No puedo, Bruno. Después de todo lo que he

182

hecho... no puedo arriesgarme, me encontrarían.

Llevaban dos años juntos. Inseparables. Bruno lo acogió en la buhardilla en la que malvivía en Cáceres, hasta que seis meses después empezaron a mover el dinero y a invertirlo con buena cabeza en viejas propiedades con posibilidades.

—No te voy a fallar. Confía en mí.

Confió. Lo dejó todo en manos de Bruno, que al principio era quien figuraba en todos los documentos oficiales, en la compraventa de las casas y en el negocio de reformas, dejándolo a él en las sombras, como un fantasma, porque, en cierto modo, eso era: alguien que no existía. Bruno no le falló. Día a día, le demostró una lealtad admirable, aun sabiendo las monstruosidades que había cometido: matar a un adolescente y a su propia madre de una manera brutal e inhumana que todavía le provocaba pesadillas. Del primer crimen se arrepentía cada día de su vida. Del segundo asesinato, no tanto.

—Si yo hubiera tenido los cojones que tienes tú, habría hecho lo mismo con mis padres —le confesó Bruno una vez, en un tono de voz tan bajito que tuvo que aguzar el oído para enterarse de lo que le decía—. Me escapé de casa a los quince. Me pegaban. Los dos. Era humillante. Son gentuza, mala gente. ¿Ves esta cicatriz? —Bruno ladeó la cara para que pudiera ver bien la cicatriz que tenía en el contorno de la mandíbula—. El bestia de mi padre. Con el cristal de una botella de vino. Yo solo tenía diez años, me rajó la mandíbula.

—Qué hijo de puta —maldijo—. Si quieres voy y le rajo la garganta.

—No, no —negó Bruno con brusquedad—. No quiero que hagas nada. Pero gracias.

Los fantasmas seguían atormentándole. Pero al fin, tras falsificar su partida de nacimiento, nada exagerado, solo cambiando la identidad de la madre por el de una difunta, el domicilio, e inventándose un nombre para él, dejó de ser invisible, pudiendo participar oficialmente en el negocio con Bruno. Tenía una identidad que nadie podía relacionar con su vida pasada, y pensaba emplearla para volver a existir. Tenía solo dieciocho años, pero su físico había cambiado mucho. La nariz se le había ensanchado, los pómulos habían perdido la grasa de la niñez y los tenía afilados, así como la mandíbula, poblada de barba, cuadrada y bien marcada. Irreconocible incluso su mirada, parecía que el dolor le había empequeñecido sus ojos color miel, con lo saltones que le habían parecido siempre. María formaba parte de un pasado que se esforzaba día a día en olvidar. Podía decirse que se había convertido en un joven atractivo que llamaba la atención de las chicas, pero la marca interna y profunda que le dejó la madre aún seguía causándole cientos de inseguridades que lo convirtieron en un ser poco sociable, incluso de noche, cuando salía con Bruno por La Madrila y bebía. Ni siquiera la ingesta de alcohol lo desinhibía.

—Mira, esa tía te está mirando. No deja de mirarte y está cañón —rio Bruno, dándole un codazo que casi lo tira del taburete.

Miró a la chica, que era una belleza, pero agachó la cabeza y dijo que no. Fue en ese momento cuando le habló de Maya, su primer amor. Le confesó que, a pesar de todo, le había sido imposible arrancársela de la cabeza y no había un solo día en que no pensara en ella, preguntándose qué tal le iría la vida. También le habló de su amiga Cristina, la que manipulaba y absorbía a Maya a su antojo y le hizo la vida imposible a él cuando no era él, sino *ella*, María, la niña que su madre (la loca, la bruja) lo obligó a ser.

—Pues vamos a Madrid y nos la cargamos. ¿Te hace o qué? —propuso Bruno con malicia.

—¿Pero a ti qué te pasa? ¿Quieres echar por tierra todo lo que hemos conseguido en estos dos años?

Parecía que la violencia del pasado había dado paso a la sensatez.

—Yo solo quiero que saldes las cuentas pendientes, tío. Así es como se supera el pasado, es la única manera de pasar página, ¿entiendes? Y si esa tía que hizo de tu vida un infierno en el instituto tiene que desaparecer, pues que desaparezca. Por cierto, he encontrado un piso en Madrid tirado de precio, podríamos abrir horizontes.

—¿En Madrid?

—Sí. El edificio tiene su historia. Muertes, asesinatos… dicen que está maldito. ¿Quién cree en fantasmas? —rio con despreocupación—. Pero esas gilipolleces lo convierte en un negocio redondo. Es baratísimo y no hay muchos chollos así en Madrid. Podríamos sacarnos una pasta alquilándolo.

—¿Dónde es?

—En la calle Antonio Grilo, en el barrio de Malasaña. ¿Conoces la zona? Yo nunca he estado en Madrid.

Por poco se atraganta con el cubata. Pero Bruno, como de costumbre, no le dio opción a replicar; siempre era él quien llevaba la voz cantante, quien solía tomar las decisiones. Jamás, jamás volvería a pisar esa calle, pensó; sin embargo, quizá debido a la luz verdosa que caía oblicua sobre su cara, Bruno no detectó su palidez repentina al mentar *su* calle.

—Joder, qué callado te has quedado. Bueno, yo me encargo, pero estaría de puta madre vivir en Madrid. A mí me encanta Cáceres y los pueblos de los alrededores, hemos hecho una fortuna aquí, pero se me está empezando a quedar pequeño, y ahora que por fin eres alguien y que tienes tu documento de identidad y todo está en regla, podemos expandirnos, incluso contratar arquitectos.

—Expandirnos... Ya veremos, Bruno —lo cortó, desviando la mirada.

—Eso es un sí. Quieres ir a Madrid y volver a ver a Maya. O saber qué ha sido de su vida, ¿no?

A esas alturas, lo conocía tan bien que parecía leerle el pensamiento.

—Quiero volver a verla —confirmó en un murmullo.

—Pues habrá que trazar un plan, y lo primero será ir a ver esa ganga de piso. Creo que es una señal para que ampliemos negocio. —Bruno le dio un sorbo a su cubata pensativo, asintiendo repetidas veces con la cabeza como convenciéndose a sí mismo de que su idea era genial, al tiempo que clavaba la mirada en una chica en la que ya se había fijado antes—. Ajá, sí, es una señal. Mmmm... llamaré a la agencia y la semana que viene nos piramos a Madrid —añadió distraído—. Ahora te dejo, que tú si quieres métete a cura, pero conmigo no cuentes. Esa piba quiere tema. No me esperes despierto.

Bruno era un imbécil, lo había sido siempre, pero ahora que era rico, se había vuelto engreído e insoportable. Había algo dañino en él. Pero era lo único que tenía. Lo único que le quedaba y a lo que se había aferrado para poder seguir adelante.

CAPÍTULO 24

Patones de Arriba
Noche del jueves, 20 de mayo de 2021

Vega y Daniel le muestran al comisario Gallardo el vídeo en el que un individuo alto, con peluca negra y un vestido pomposo que al principio les hizo creer que se trataba de una mujer, entra en el restaurante a las 4.22 de la madrugada del miércoles cargado con una maleta donde, presuntamente, llevaba los restos de Sonia. En el mismo momento, Begoña y Samuel se disponen a entrar en la última casa de Patones de Arriba que les queda por examinar, una apartada junto a un descampado y en apariencia abandonada a la que han llamado, esperando una respuesta que no llega.

—Esta no es como la otra, en la que había tablas sueltas, la puerta destrozada... esta tiene candado, Begoña, no podemos echar abajo la puerta así como así, sin una orden —duda Samuel, mirando la negrura que hay a su alrededor. Hasta este estrecho y silencioso tramo del pueblo no llega la luz.

—Vega ha dicho que no nos dejemos ni una sola casa, que ella se responsabiliza.

—Hombre, pero pedir una orden no está de más, aunque sea urgente... esto es allanamiento de morada.

—Tres asesinatos, Samuel. Cuerpos descuartizados, joder, muy fuerte. Y un asesino suelto que es posible que siga en el pueblo. Si hay que destrozar esta puerta para entrar y ver qué hay, se destroza y punto.

—¿Y si el asesino está dentro?

—No tendría sentido que el asesino estuviera dentro, Samuel, porque el candado está cerrado por fuera. Habría necesitado a alguien que lo cerrara desde fuera —recalca Begoña con contundencia—. En cualquier caso, si hay alguien dentro es una víctima —zanja, pensando en el tal Bruno a quien no han podido identificar.

—Desde dentro, si alargas el brazo por el hueco de esta ventana, llegas al candado de la puerta —indica Samuel, y a Begoña no le queda otra que callar, porque tiene razón.

—Ya, bueno... Mmmm... ¿Para qué crees que sirve esa pistola que tienes ahí? —dice al rato en un siseo, sin apartar la vista del candado—. Novatillo...

Cierto. Samuel solo lleva en el cuerpo siete meses, y suele ser la mofa de sus compañeros por lo recatado y miedoso que es. ¿Que por qué se hizo policía? Bueno, porque su abuelo lo era y a su padre le hacía ilusión. Cosas que pasan.

Begoña es quien se encarga de echar abajo el candado, que cae al suelo y rebota hasta desaparecer entre la maleza. No le ha sido difícil debido al deterioro de la vieja puerta de madera, tan endeble que de una patada, con candado y todo, podría haberla derribado. Sin embargo, no les hace falta ni poner un pie en la casa, oscura y tenebrosa, para que el olor metálico de la sangre entremezclado con la putrefacción de la muerte, se les cuele en las fosas nasales.

Samuel, que enciende la linterna cubriéndose la nariz con la mano que le queda libre, querría decirle que él ahí no entra, pero, en vista de que Begoña, con el arma en alto, ignora el hedor y da un paso firme hacia delante, no le queda otra que seguirla.

—¡Policía! —grita Samuel, y el eco le devuelve su voz asustadiza, cero autoritaria para tratarse de un agente.

—Shhh... Joder, Samu —rechista Begoña, examinando la estancia diáfana, sin un solo mueble, sin más estancias que un cuarto de baño que da asco, sin puerta ni intimidad. Dos ventanas con los cristales mugrientos a un lado, la ventana rota en la que ha reparado Samuel muy pegada a la puerta, suelo desigual de cemento, paredes desconchadas que desprenden moho en las esquinas y un frío aterrador... En esta casa abandonada por la que los agentes avanzan, ahora en dirección a unas escaleras en tan mal estado que parece que vayan a venirse abajo con solo pisar un escalón, hace mucho frío—. Voy delante, cúbreme la espalda.

El olor a putrefacción se hace más intenso a medida

que ascienden las inestables escaleras directos a lo desconocido. A Samuel le tiemblan las canillas, mientras la curiosidad de Begoña por lo que pueda haber arriba se impone y acelera sus pasos hasta que el haz de la linterna enfoca a un hombre corpulento tirado en el suelo sobre un gran charco de sangre. Samuel no se fía. Podría ser el asesino y estar tendiéndoles una trampa, por lo que se queda quieto en mitad de las escaleras, al tiempo que Begoña guarda el arma y se agacha junto al hombre herido. Lo primero que hace es tomarle el pulso, comprobando que la sangre no procede de su cuello.

—Está vivo —le dice a Samuel.

La sangre mana del vientre del tipo, de unos cuarenta y tantos años. Tiene el cuchillo clavado en el costado que agarra con las dos manos sin fuerzas, como si estuviera decidiendo si extraer la afilada hoja de su carne con el peligro de acabar desangrado, o que siga atravesándolo. En cuanto Begoña intenta darle la vuelta, los gemidos del hombre la sobresaltan.

—Somos policías, vamos a ayudarle. Vamos a llevarle a un hospital —le dice, con la misma tranquilidad con la que Vega le ha hablado a Maya horas antes de que se cortara las venas.

—Bru... soy...

—Bruno, sí, le estábamos buscando. ¿Quién le ha hecho esto?

—Jesús. Je...sús...

Begoña mira a Samuel con gravedad, señalándole la

linterna para que la enfoque hacia el hombre y así poder verlo mejor. Ellos no han escuchado el testimonio del comisario, no tienen ni idea de quién es Jesús, ni de que se trata de un despiadado asesino que en el pasado mató al novio adolescente de Maya y a su propia madre.

—Bien, lo buscaremos. Samuel, ve a buscar ayuda.

—Begoña, no creo que…

—¡Ve a buscar ayuda, Samuel! —repite, ahora a gritos, cuando lo que Samuel quería decirle era que no iba a dejarla sola, no con un desconocido que a saber si no está mintiendo.

El hombre sacude la cabeza con desesperación, le está costando la vida que las palabras le salgan de la garganta. Agarra a Begoña del cuello de la camisa con mano temblorosa y la aproxima a él.

—Es Nico. Antes era Jesús. O María. Pero… ahora… es… Ni-co. Él ha hecho… to… do… El marido de…

—… Maya —termina Begoña por él, antes de verlo perder el conocimiento.

Patones de Arriba, dos días antes
Noche del martes, 18 de mayo de 2021

Nadie, salvo Maya, echó de menos a Bruno durante los pocos minutos que se quedaron fuera tras su marcha, sentados a la mesa con sus copas de vino ya vacías. Sonia fue la primera en decir que tenía sueño y que se sentía agotada de repente, convencida de que era por el paseo de la mañana, alegando que estaba poco acostumbrada a caminar tanto.

—Yo creo que es porque has bebido demasiado vino, *cari* —le dijo Izan cariñosamente.

—Yo también estoy muerta —expresó Alina, arrastrando las palabras, algo poco frecuente en ella, con lo enérgica que era. Los párpados se le empezaban a cerrar sin que pudiera hacer nada por evitarlo.

—Bueno, pues a dormir, que yo también he bebido demasiado vino y estoy mareadísimo —atajó Izan, bostezando, con la vista clavada en la copa de vino de Maya—. No has bebido nada, Maya, por eso pareces...

—... tan despierta —rio Sonia, dando muestras de embriaguez.

—Id a dormir. Yo me encargo de recogerlo todo.

Los tres asintieron, levantándose y recorriendo tambaleantes los pocos metros que los separaban de sus respectivas habitaciones, a las que llegaron de milagro. Maya, esbozando una sonrisa y sintiéndose muy vieja en comparación con esos tres pipiolos borrachos, recorrió con la mirada la trayectoria que siguieron hasta perderlos de vista, sin sospechar que no volvería a verlos.

La anfitriona se quedó un rato más sentada a la mesa a rebosar de platos y copas vacías con la mirada al frente, como si, de un momento a otro, Bruno fuera a emerger de la oscuridad. Pero nada de eso ocurrió. Había una calma rara en el ambiente que le erizó el vello de la nuca, momento en que se levantó como un resorte y se dispuso a recogerlo todo. Recogió platos, cubiertos y vasos, entró en casa, salió, y volvió a entrar hasta que la mesa quedó vacía. Puso el lavaplatos distraída, con la mente en otra parte, apagó las luces y subió hasta su apartamento. Antes de cruzar el umbral y cerrar la puerta con llave, se quedó mirando la cama deshecha en la que aún le parecía ver la huella de Bruno.

¿Y si Nico se daba cuenta de que otro hombre había ocupado su espacio?

¿Y si no era capaz de fingir, y si sus ojos la delataban?

¿Y si soñaba con Bruno y lo mencionaba en sueños, con Nico a su lado?

Le dio la sensación de que su pequeño apartamento olía a Bruno. Y que su piel estaba impregnada de él, de sus caricias, de sus besos. Qué cuelgue más tonto e inoportuno. Deseó con toda su alma no haberlo dejado ir o que Alina no hubiera sacado el tema del edificio en el que vivía generando una curiosidad morbosa en Izan y Sonia que tanto había cabreado a Bruno, y, sin embargo, era lo mejor. Lo mejor para Nico, lo mejor para ella... para seguir adelante, como había hecho siempre, aunque fuera en una especie de cárcel de la que ya, a esas alturas, era incapaz de salir.

Entró en el cuarto de baño, se desnudó. Repudió el reflejo que le devolvía el espejo; la infidelidad le pesaba tanto como el miedo. Cuando el agua salió hirviendo de la alcachofa inundando el espacio de vapor, se metió en la ducha, cerró los ojos, se llenó el cuerpo de gel presionando con fuerza las partes que Bruno había acariciado hasta que la piel enrojeció, y le supuso tanto esfuerzo, físico y mental, que al salir y tumbarse en la cama con el albornoz puesto se quedó dormida al instante.

CAPÍTULO 25

Madrid, 2002

Siempre existe un camino de no retorno. Para según qué palabras y acciones, no hay marcha atrás. El asesinato de Cristina lo cambió todo. Fue lo que rompió la relación entre Bruno y Nico, el nombre elegido por quien un día fue *María*, que ya había averiguado que en una vida inexistente que su madre le negó, se tenía que haber llamado Jesús Cañizares Parra.

Pero antes de que las vidas de Cristina y Maya se vieran desquebrajadas...

... el piso en el que Nico se había criado, el mismo piso que tantos asesinatos cobijó, incluido el que él había perpetrado contra su madre, ahora era propiedad de Bruno, un experto regateador con mucha labia. Nico jamás entró en el piso por miedo a encontrarse con sus fantasmas, incluido el del niño que lo incitó a rajarle el cuello a su madre.

—Ni fantasmas ni leches, Nico, ahí no hay nada — le decía Bruno, y, por llevarle la contraria a Nico, que detestaba su decisión de haber adquirido esa propiedad ampliando negocio en Madrid, decidió que ese piso no lo iba a reformar ni a alquilar o a vender por el doble de lo que les había costado, sino que se quedaría a vivir indefinidamente ahí.

—¿Pero por qué quieres vivir ahí? ¿Qué tiene ese piso que te guste tanto?

—Pues... me gusta el barrio —contestó Bruno con naturalidad—. Y el piso es amplio y señorial, no como el apartamento de cincuenta metros cuadrados ultramoderno que te has comprado en el barrio de Salamanca. Eres un pijo, tío. Por cierto, le he echado el ojo a otro piso de Malasaña con posibilidades. Tirado de precio, está para reformar entero, pero podríamos sacar un pastizal al mes alquilándolo o...

Nico dejó de escucharlo. Le repudiaba que Bruno viviera en el edificio gris, maldito y feo de la calle Antonio Grilo, aunque al fin se había independizado de él, que falta le hacía. Aunque Bruno lo hubiera ayudado a seguir adelante, demostrando ser un amigo leal en el que hasta entonces había podido confiar, Nico necesitaba su espacio, empezar a ir por libre, a su aire. Nico no llegó a decirle que él había vivido en el 3º D del número 3 de la calle Antonio Grilo y que en el salón, ahora vacío y sin muebles, le había rajado la garganta a su madre, pero Bruno, perspicaz, no tardó en descubrirlo.

Salían cada noche por Madrid. Bruno por diversión, por las noches desenfrenadas de sexo con cualquier chica que se le pusiera a tiro, mientras Nico conservaba su celibato y lo único que deseaba era coincidir con Maya en algún garito. Sin embargo, los meses pasaban y el trabajo era lo primero, comprar, reformar, vender o alquilar, y vuelta a empezar, y le daba la sensación de que, aun habiendo estado en cientos de pubs, discotecas y bares, jamás encontraría a Maya. Lo fácil habría sido ir hasta su calle como hizo la tarde en la que mató a Santi y esperar a que entrara o saliera del portal donde vivía, pero no se atrevía. O bien Maya no salía o no había tenido suerte y no se movían por el mismo ambiente. También cabía la posibilidad de que ya no viviera en Madrid.

Y entonces, a Nico se le ocurrió contratar a un detective privado para averiguar si Maya seguía viviendo donde siempre y, en caso de ser así, descubrir qué locales frecuentaba, pero Bruno se acababa enterando de todo.

El detective encontró a Maya. Pan comido, le dijo. Nico abrió el sobre y extrajo diez fotos que el detective le había hecho desde la distancia: saliendo del portal de casa, caminando por la calle, en una cafetería con Cristina, cómo no, Cristina seguía comiéndole el coco, entrando en una universidad, ¿Maya estudiaba Arquitectura?, y, finalmente, en un pub con aires ochenteros ubicado en un callejón estrecho de Chueca.

Seguía tan guapa como siempre. Estaba tal y como la recordaba. Se quedó más rato del necesario contemplando la sonrisa que le dedicaba a Cristina en la cafetería y deseó con todas sus fuerzas que se la dedicara a él... que fuera él, que ya no era *María*, el perturbado vestido de chica con el pelo largo teñido de rubio o de rosa del que todos se reían, quien le sacara esa preciosa sonrisa. Pero entonces, Bruno, sigiloso, apareció de repente asomando la cabeza por encima de su hombro y le arrebató las fotos.

—¡Joder! ¿Y esta tía? Está buenísima, menudo pivón. ¿De dónde has sacado estas fotos?

—Devuélvemelas.

Bruno dejó de reír. Nico no le había vuelto a hablar ni a mirar así desde el día en que se conocieron, cuando él intentó robarle la caja que resultó contener veinte millones de pesetas, una moneda que en nada dejaría de existir, ya que desde el 1 de enero de ese mismo año 2002, menudo quebradero de cabeza, empezó a circular el euro.

—Que me las devuelvas, Bruno.

—Es Maya —cayó en la cuenta Bruno, pasando las fotos, deteniéndose en la del pub con aires ochenteros—. Sé dónde está este garito, fui una vez sin ti, que eres un tieso.

—Bruno, joder, ¡que me des las putas fotos! —se le encaró Nico.

—Vaaaale, vaaaale... ten... tranqui. Y supongo que esa de ahí es su amiga Cristina, ¿no? La que te querías cargar. ¿O es que aún quieres cargártela? —inquirió Bruno con malicia.

Quien calla otorga, dicen. Nico volvió a guardar las

fotos en el sobre. Esa misma noche fue al local de Chueca y esperó. Maya no apareció. De hecho, lo primero que Nico pensó era que ese garito le pegaba muy poco a Maya. Pero Nico, convencido de que era Cristina quien arrastraba a Maya hasta ese lugar de mala muerte, no desistió hasta que una noche, como si se tratara de un milagro, la vio entrar y se le cortó la respiración. Iba con Cristina, que a Nico le recordó a Bruno porque dejaba sola a Maya para irse con cualquier tío. Sus sentimientos eran contradictorios. De la más absoluta felicidad al ver a Maya, a la rabia incontrolable que sentía hacia Cristina, a quien no podía ni mirar a la cara sin que le entraran arcadas. La odiaba a muerte. Y odiaba que Maya, qué influenciable era, la pobre, continuara yendo con ella o detrás de ella como un perrito faldero. Porque, mientras Cristina no tenía en cuenta los sentimientos de Maya, él, que estaba pendiente de ella, se daba cuenta de lo desubicada y triste que parecía a veces.

Tres meses después, se atrevió a invitarla a una copa. Maya aceptó la copa sin reconocer a Nico de su *otra vida*, y luego se alejó de él en dirección a la pista sin hacerle ni caso. Nico detestaba la música *heavy metal* del local, sus reducidas dimensiones, todos apretujados, el tufo a sobaco flotando en el aire, las luces de neón cegadoras... Pero todas las incomodidades merecían la pena si iba a ver a Maya, aunque fuera desde las sombras a las que se había acostumbrado a vivir. Con qué poquito se conformaba por el simple placer de verla.

La noche de verano en la que Cristina fue asesinada, su cabeza decapitada con violencia y separada de su cuerpo despedazado, Nico, con manos temblorosas, le hizo una foto junto a Maya. Como las mejores amigas que eran, posaron sonrientes y felices para el objetivo pensando que la foto era para una promoción del local, sin fijarse en la persona que había detrás haciendo clic en el botón de la cámara analógica. Luego, Cristina desapareció sin sospechar que la muerte la estaba esperando a la vuelta de la esquina, y que las risas y la diversión estaban a punto de apagarse para siempre.

Maya se quedó en el local un par de horas más, hasta que sobre las cuatro de la madrugada regresó a casa sola y agotada, topándose en el portal con la cabeza decapitada de su mejor amiga, destinada a convertirse en la famosa Dalia Negra española.

Fue el fin entre Bruno y Nico. Los socios se separaron. Nico empezó a estudiar Arquitectura en la misma universidad que Maya hasta fundar su propio estudio y triplicar la fortuna que había ganado cuando estaba asociado con Bruno, quien ya pertenecía a una vida que prefería dejar atrás. Pero, tal y como dice el refrán, pese a tomar caminos distintos no hay que olvidar que el mundo es redondo. Hay quienes están destinados a volver a encontrarse. Porque, aunque da miedo pensarlo, lo cierto es que hay obsesiones que no se van así como así. Existen pasados enquistados que se empeñan en regresar en busca de una justicia retorcida que solo existe en la mente de un asesino sin empatía ni piedad.

«Recuerda esa noche —le quiso decir Nico a Maya cuando, en un descuido de ella en la biblioteca de la universidad, le metió en la mochila la foto en la que aparecía con Cristina, ambas posando felices para él sin saber que era *él*—. Recuerda a quién viste».

Pero Maya no captó el mensaje. Pensó que era una amenaza. Se dejó llevar por el pánico, la invadió el miedo, creyó que el asesino de Cristina ahora iba a por ella. Así que, a las pocas semanas, volvió a desaparecer del mundo de Nico, destrozándole el corazón y pensando, una vez más, que todo lo que había hecho para estar juntos, no había servido de nada.

CAPÍTULO 26

Patones de Arriba
Noche del jueves, 20 de mayo de 2021

Bruno Medina Carvallo, al fin han podido identificar al cuarto desaparecido, ha perdido mucha sangre antes de caer rendido en la oscuridad de la inconsciencia. En cuanto Begoña y Samuel han dado el aviso, se lo han llevado en ambulancia al mismo hospital donde se encuentra Maya fuera de peligro.

—Bruno ha podido hablar antes de perder el conocimiento —les informa Begoña—. Ha culpado al marido de Maya, pero al principio no lo ha llamado Nico, sino Jesús, María... no sé, no me ha quedado muy claro.

—Era él, claro que era él, el marido de Maya. Los pantalones, joder, los pantalones no tenían ni una sola arruga, no venía de Huesca. Ha estado aquí todo este tiempo —comenta Vega.

—¿Los pantalones? —se extraña Begoña.

—Cosas suyas —resopla Daniel.

—Con su permiso, comisario, vamos al hospital a proceder a la detención —decide Vega.

—¿Estáis seguros de que el marido de Maya es Jesús? —inquiere Gallardo, ceñudo—. A no ser que confiese, habrá que hacer pruebas de ADN para confirmar que se trata de la misma persona, puesto que Jesús se volatilizó en enero del 99. ¿Y tenéis la seguridad de que es quien ha matado y descuartizado a esos tres jóvenes y ha apuñalado a Bruno? ¿Por qué con Bruno ha sido distinto? ¿Qué pruebas tenemos? El hacha no ha dado resultados, las huellas no coinciden con nuestra base de datos.

—Confesará —resuelve Vega con convencimiento, mirando de reojo a Daniel—. Va a acabar confesando hasta el asesinato de su madre.

—Bien. Pues… ¿a qué esperáis? A por él.

Hospital Universitario La Paz, una hora más tarde

Cuando Vega y Daniel, en compañía de dos agentes, irrumpen en la habitación en la que Maya está dormida, les da la sensación de que Nico, cansado de huir, les estaba esperando.

—Ni veinticuatro horas. Bravo —les dice con calma, frío como un témpano de hielo, sin apenas pestañear.

—Nico Méndez, ¿reconoce ser Jesús Cañizares? —pregunta Vega sin permitirse titubear, antes de hacer cualquier movimiento.

—Sí, en otra vida, y aunque hace unos años lo desconocía por completo, resulta que fui Jesús Cañizares Parra. Pero mi madre, que no estaba bien del coco, me crio como una niña y me llamó María, así que llevo toda la vida fingiendo ser algo que no soy. Y ocultando al monstruo que está dentro de mí. Ya me entiende. Así que, por favor, proceda, inspectora. La única manera de poder controlar mi instinto asesino es que me encierren de por vida —zanja, con voz suplicante y sin apenas pestañear.

Vega, desconcertada, mira a Daniel como queriéndole decir:

«¿Así de fácil?».

—Nico Méndez, queda detenido por los asesinatos de Alina Vicedo, Izan Morgado y Sonia Navarro —sentencia Vega, sacando las esposas, pero antes de continuar citándole sus derechos, Nico la interrumpe para declarar con cierto hastío:

—Y también por los asesinatos de Santi, no recuerdo el apellido, de mi madre, Helena Parra, y de Cristina Fuentes, alias la Dalia Negra española —le recuerda, emitiendo una risa breve y seca que pone los pelos de punta—. Ya era hora, inspectores. Ya era hora, estaba tan cansado... —añade, con la voz rota y lágrimas en

205

los ojos, porque quizá el hombre que tienen delante y que tanta seguridad ha estado aparentando durante estos años, sigue ocultando a *María*, la *niña* maltratada por una madre enferma. Pero incluso esa parte enfermiza que Nico ha ocultado, se ha percatado de que Maya, el gran amor de su vida, no es la mujer increíble que creyó. Al fin y al cabo, Bruno, para fastidiarle, para hacerle ver que no era tan fácil librarse de él, apareció de la nada, y Maya, como todas, cayó rendida en sus brazos demostrándole que no, que ella tampoco ha resultado ser tan especial ni merece tanto amor.

Esposado, sacan a Nico de la habitación. Nadie se percata de la última mirada que le dedica a Maya, cuyos brazos vendados descansan por encima de las sábanas, encima de su vientre. Él es el único que sabe que Maya, que ahora que nadie la ve lo mira de frente y sin miedo, ha fingido estar dormida. Han tenido tiempo de decírselo todo antes de que esa inspectora, su compañero y los agentes, los hayan interrumpido. Sí, ella sabe la verdad, como debe ser. Y ahora Nico le sonríe antes de desaparecer de su vida, esta vez para siempre.

Patones de Arriba, un día antes
Miércoles, 19 de mayo de 2021

No había horario ni rutina, así que Maya remoloneó en

la cama un buen rato antes de levantarse a las once menos veinte de la mañana. Hacía años que no dormía tanto ni tan bien. El remordimiento de conciencia desaparece en sueños, que era lo que necesitaba, aunque al abrir los ojos, volviera a asaltarla. Nada se volatiliza así como así, y mucho menos la culpa. La realidad es la que es.

Palpó el lado vacío de Nico, pero no era en Nico en quien pensaba, sino en Bruno, y eso la hizo sentir aún peor al haber buscado en otros brazos la chispa que le faltaba a su relación.

Cogió el móvil. Tenía una llamada perdida de Nico que ignoró, para atender una alerta de Google con una nueva noticia sobre el Descuartizador. Había una sexta víctima, Miriam Castro, también paciente del psicólogo José Gago.

—Verás cuando Izan vea la noticia —le dijo a la nada.

Se quitó el albornoz con el que había dormido y se puso unos tejanos y un jersey fino con la vista clavada en el armario. Tenía que subir a su espacio secreto una última vez. Olvidaría las desapariciones, los crímenes, lo olvidaría todo. Nada merecía la pena si Bruno dejaba el grupo que le había devuelto la emoción a la soledad de sus días.

Bajó las escaleras con tranquilidad. Esperaba que sus huéspedes estuvieran despiertos, revoloteando por la cocina, sirviéndose ellos mismos el café. Pero la casa estaba silenciosa. Maya, esperando que se levantaran pronto para decirles que el Descuartizador se había cobrado una sexta víctima, empezó a preparar café y tostadas para un regimiento. El café es bueno para la resaca; Alina, Sonia e Izan seguro que se levantaban con una horrible resaca. Después de lo de anoche, estaba decidida a decirles que lo mejor era que se largaran, que Alina volviera a Valencia y Sonia e Izan a Madrid. Ensayó el discurso sola, frente a la cafetera:

—Abandono el grupo. No. Mmmm... mañana llega un grupo de diez personas, ha sido muy... ¿precipitado? ¿Inesperado? Es que no puedo perder la reserva. Ya sabéis, el año pasado... con la pandemia... fue duro tener que cerrar la casa rural durante tanto tiempo, sí, eh... Por eso, lo mejor será que os vayáis a Madrid. Aquí ya no queda... No. Mmmm... Me gustaría parar. Necesito parar, no voy a... no quiero investigar más muertes, ¿entendéis? No, quita lo de «entendéis», queda petulante y claro que entienden, son jóvenes, pero no idiotas. Es todo demasiado macabro, se me revuelven las tripas, es...

Cristina. Otra vez. La visión de su cabeza decapitada. Sus ojos abiertos, sin vida, las marcas en su cara, las cruces en la piel...

—No puedo más. No puedo más... es solo eso. Es solo eso... —siseó.

A las doce y media, el café estaba frío y las tostadas duras. A Maya nunca antes le había parecido que la casa estuviera tan... muerta. Esperó a que las agujas del reloj marcaran la una del mediodía y fue hasta el pasillo donde se encuentran las habitaciones. Primero llamó a la habitación 1, donde dormían Sonia e Izan, pero nadie contestó al otro lado de la puerta. Llamó a la 3, la de Alina, y tampoco. Nada.

¿Seguían durmiendo?

Ya que estaba frente a la puerta de la habitación 3, y era mejor molestar a una persona que a una parejita, que a saber qué estaban haciendo, giró el pomo comprobando que Alina no había cerrado con llave, y se dio de bruces con el vacío. Alina no estaba durmiendo como esperaba. La mochila que había traído estaba apoyada en el armario, la cama deshecha, pero ni rastro de ella. Con decisión, abrió la puerta de la habitación 1. Sonia e Izan tampoco estaban ahí. Sus pertenencias sí, pero de ellos ni rastro.

¿Habrán madrugado y se habrán ido a dar una vuelta?

En el caso de que hubieran salido a pasear por el pueblo, a la una y media del mediodía ya tendrían que haber vuelto. Esos tres parecían tener siempre un hambre voraz, y que no estuvieran ahí, listos para comer, era, cuando menos, raro.

El coche de Izan, cayó en la cuenta. Sabía que era un Seat León negro, así que salió de casa, caminó a paso rápido hasta llegar a la plaza, y, desde allí, sin necesidad de traspasar el arco de piedra, echó un vistazo a los coches aparcados. Solo había tres. El Seat León negro de Izan estaba ahí. No se habían ido. No sin el coche ni las pertenencias, pero entonces, ¿dónde estaban?

Esperó. Esperó, esperó, esperó... haciendo caso omiso

a sus tripas revueltas y tratando de calmar los latidos frenéticos de su corazón. Volvió a las habitaciones, por si aparecían de milagro, pero nada, Alina, Sonia e Izan no daban señales de vida. Los llamó. Uno a uno. Sus teléfonos sonaron en las habitaciones.

¿A dónde se habían ido sin sus móviles?

Son de la generación Z, joder, conocidos por estar familiarizados con el uso de la tecnología digital e internet desde que no levantan un palmo del suelo; no saben vivir sin móvil.

Bruno. Bruno sabría qué hacer. Lo llamó a las tres de la tarde. Pero saltó el buzón de voz:

—Ya sabes lo que tienes que hacer. PIIIIIIIIII.

Colgó. Le temblaba demasiado la voz como para dejarle un mensaje.

A las cinco, decidió llamar a la Guardia Civil, pero no lo hizo hasta veinte minutos más tarde, denunciando no solo la desaparición de Alina, Izan y Sonia, sino también la de Bruno, sin ser capaz de facilitarles demasiados datos, pues en realidad, aunque los había llegado a considerar amigos, no eran más que desconocidos con los que jugaba a ser detective. Qué idiotez. No sabía ni cómo se apellidaban y no se le ocurrió registrar sus mochilas. Tampoco podía contarles a los agentes que se presentaran en casa que eran ciberinvestigadores, se hubieran reído de ella en las narices, pero ¿y si ese era el motivo de las extrañas desapariciones? ¿Y si Alina, Izan y Sonia habían cabreado a alguien y estaban en peligro?

—Sí, y Bruno. —Aunque Bruno, en realidad, no había desaparecido. Se largó anoche cabreado, sin más, y ahora saltaba el contestador, y Maya pensó que a lo mejor le había pasado algo, así que también se preocupó por él—. Eh... no sé qué más. No sé sus apellidos. ¡No sé nada de ellos, joder! —se derrumbó.

—Tranquila, vamos para allá.

La Guardia Civil se presentó en la casa rural a las 18.05. Maya, a esas horas, temblaba como un flan. No atinaba con las palabras, apenas sabía qué decirles.

—Descanse, tranquilícese. Haremos un informe de su denuncia, pero entienda que no han pasado veinticuatro horas y son mayores de edad, por lo que...

—¡¿Quieren decir que no van a hacer nada?!

Los agentes se miraron entre ellos. Parecían estar pensando que estaba loca, pero ella no estaba loca, ella había visto con sus propios ojos la cabeza decapitada de su amiga cuando solo tenía diecinueve años, y temía que algo así volviera a ocurrir. El trauma se te queda de por vida, es inevitable. Si esos dos hombres que la miraban sin empatía y desde la distancia, hubieran vivido algo como lo que vivió ella, entenderían que veinticuatro horas puede ser una eternidad. En veinticuatro horas y en muchas menos, incluso en un minuto, tu vida, la que creías cómoda y normal, puede volar por los aires.

—Mañana por la tarde volveremos. Si hay alguna novedad antes o si sus amigos regresan, vuelva a llamarnos, por favor.

Vaya, qué correctos.

Maya se mordió la lengua para no soltar improperios. Y luego se encerró en casa y bebió. Vino, whisky, vodka... Arrasó con todas las botellas que encontró, con la intención de sentirse un poquito mejor destruyéndose o cayendo en un sueño profundo del que temía despertar. Seguidamente, tomó pastillas como para tumbar a un elefante. Antidepresivos, somníferos... un cóctel molotov. El milagro es que sobreviviera. Que ni siquiera tuvieran que hacerle un lavado de estómago. Que al alba y con el canto del gallo sonando a lo lejos, abriera poco a poco los ojos, aun habiendo preferido mantenerlos cerrados cuando vio la cabeza de Izan encima del mostrador de recepción, catapultándola a un pasado que había intentado borrar (sin éxito). Por eso no se enteró de nada, porque estaba, prácticamente, en coma. Ni de los cadáveres regresando a casa y siendo arrastrados por las escaleras y por el suelo como si fueran sacos de patatas. Ni de la sangre derramada en su cuarto secreto, ese que ingenuamente creía que solo conocía ella. Ni del descuartizamiento de los cuerpos previamente muertos gracias al veneno mortífero y lento que les contaminó la sangre. Ni de los golpes secos de la hoja del hacha impactando contra la tarima de madera al separar la carne de los huesos, cartílagos, tendones...

Una masacre.

En eso se convirtió la casa rural, en una masacre, mientras Maya se encontraba en un estado profundo de inconsciencia.

CAPÍTULO 27

Madrid, 2017

Quince años. Una eternidad, según se mire. Quince años del asesinato de Cristina, un misterio sin resolver que en cinco años prescribiría, como el asesinato de Santi en el 97 o el de su madre en el 99. Crímenes del siglo pasado, como si el tiempo y el siglo de por medio mitigaran la culpa. También habían pasado quince años desde que había perdido el contacto con Bruno, a quien las cosas no le habían ido tan bien como a Nico, que invirtió en su futuro y, tras estudiar por las noches para graduarse y sacarse la Selectividad, consiguió entrar en la carrera de Arquitectura coincidiendo con Maya, aunque fuera por un breve espacio de tiempo. Jamás debió meter la foto en su mochila. Él solo quería que recordara la última noche de su amiga, pero la asustó.

Bruno seguía viviendo en el piso maldito de la calle Antonio Grilo que Nico no quería pisar ni en sueños.

Hacía chapuzas de vez en cuando, pero se había arruinado después de un par de malas decisiones, y no levantaba cabeza. Quién iba a decir que Bruno, el más espabilado de los dos, el que más labia tenía y más parecía saber del oficio, sería el que terminaría necesitando a Nico como el aire. Nico, por su parte, terminó la carrera y, como había ahorrado y realizado buenas inversiones durante el tiempo que estuvo estudiando, abrió su propio estudio de arquitectura que funcionó muy bien desde el principio. Parecía una persona nueva, aunque a veces se sintiera un estafador haciendo lo imposible por ocultar sus traumas. Había dejado a María atrás, muy atrás en el tiempo, y también a Jesús, quien, en realidad nunca había existido. Hasta su nombre lo habían tachado en la partida de nacimiento que Nico aún conservaba entre documentos. A Jesús nunca le permitieron existir, como si hubiera muerto en el accidente que tuvo el padre al que no llegó a conocer. Nico había estado con chicas... chicas que no sabían nada de su vida ni de su pasado, y con una casi se planteó un futuro, pero Maya, como sus fantasmas, siempre regresaba a su memoria. Era incapaz de olvidarla, la llevaba muy dentro, la seguía queriendo con obsesión, así que volvió a contratar al mismo detective que la encontró en 2002. Y de nuevo dio con ella, aunque en esa ocasión le costó un mes averiguar su paradero. Se había escondido bien.

—Regenta una casa rural en Patones de Arriba.

—¿Patones de Arriba?

—Sí, un pueblo medieval que...

—Conozco el pueblo —lo cortó Nico—. Pero no... no me lo esperaba.

—Pues ahí está. Regenta una casa rural desde que la anterior propietaria se jubiló hace dos años. Se llama La Cabaña, está ubicada en la calle del Arroyo Subida, aunque el pueblo tiene cuatro calles, así que no tiene pérdida.

Nico visitó el pueblo un par de veces. Nunca se atrevió a cruzar la puerta de la casa rural. Hasta que en verano de 2017, hizo una reserva por internet. Y ahí empezó su historia... Nico aprendió que los sueños, aunque tarden, terminan cumpliéndose si le pones empeño.

—No puede ser —dijo, nada más verla tras el mostrador, tan guapa como siempre.

—¿Perdón?

—Eres Maya. Maya Herrero.

¿Cómo lo estaba haciendo? No le temblaba ni un poquito la voz. Eso le insufló seguridad, pero la expresión que compuso Maya no le gustó. Dio un respingo, parecía estar pensando en... ¿en Cristina? Parecía asustada. Sí, era una mezcla de miedo, sorpresa y fastidio. Nico conocía la polémica, el circo mediático que había envuelto el caso, y dedujo que Maya, *la amiga de la Dalia Negra española* a quien reconocían por la calle y algunos machacaban, lo pasó mal, por lo que se apresuró a decir, con la intención de empezar de cero y alejar esos malos pensamientos:

—Estudiabas Arquitectura, yo también. Coincidimos

215

en varias clases, ¿no te acuerdas?

Maya intentaba ubicarlo, pero no lo reconocía, ni de la universidad ni del instituto. No, ese hombre guapo, elegante, alto y bien vestido que la miraba sonriente, no se parecía en nada a María, a quien Maya todavía recordaba, pero no para bien.

—Lo siento, abandoné la carrera al poco de empezar, no tengo muchos recuerdos de esa época —se excusó Maya.

Fue tan fácil como seguirle el juego. Ella se ofreció a acompañarlo a todos esos lugares que le dijo que le interesaba conocer y fue fácil... tanto... que Nico se hundió. Porque no había magia. No supuso ningún reto conquistar a Maya con su nuevo *yo*. Y, sin embargo, quería estar con ella. Cuando Maya se puso de puntillas y lo besó, *María*, el monstruo que habitaba en su interior, despertó llena de júbilo mientras Nico se aferró al momento. Agarró a Maya de la cintura acercándola a su cuerpo y saboreó sus labios, esa boca de piñón que durante tanto tiempo había anhelado que fuera suya. Solo suya.

Lo había conseguido. Dinero, un buen trabajo, casarse, aunque no oficialmente, con Maya...

Lo tenía todo.

Durante unos años fue feliz. Se había liberado de la carga que llevaba a cuestas. Dormía bien por las noches, y abrazado a Maya. Un sueño. No sentía rencor por nada ni por nadie, ni siquiera por la madre muerta. El monstruo había desaparecido. Por fin. Por fin Nico se había liberado de él.

Pero entonces, empezaron a llegar las amenazas.

Tres años más tarde
Madrid, 2020

TE ENCONTRÉ.
30.000 euros o le cuento quién eres.

Iba a matarlo. Algún día, lo mataría.

En la imaginación de Nico, había matado a Bruno cientos de veces, a cuál más horripilante. Se imaginaba clavándole veinte veces un cuchillo en algún órgano vital como hizo con Santi, o rajándole la garganta como hizo con su madre, cuyo crimen había prescrito hacía un año.

Al principio lo ignoró. Mala idea. Le siguió pidiendo dinero. 6000, 10000, 15000 euros. No le dio ni un solo euro. Se distanció de Maya. Empezó a padecer insomnio, a adelgazar. Trabajaba de sol a sol, viajaba por toda España, la pandemia lo pilló en Barcelona y allí se tuvo que quedar confinado seis semanas. Más de un mes sin ver a Maya le pareció una eternidad.

Al cabo de unos meses, Bruno, desesperado porque Nico había tomado la decisión equivocada de ignorarlo, le envió capturas de Maya. Maya en su cuarto secreto, ese que creía que nadie salvo ella conocía, pero a un arquitecto no se le escapa nada. El tejado era tan curvado porque ocultaba una pequeña buhardilla a la que se accedía subiendo por la pared que había tras el armario del apartamento que compartían en la casa rural. Sin embargo, a Nico le intrigaba no saber en qué andaba metida Maya. Por qué, en lugar del mostrador o el salón con chimenea que tanto les gustaba, usaba su portátil en ese espacio mohoso lleno de cucarachas. ¿Y cómo había conocido a Bruno? ¿De qué? ¿Acaso Maya se había creado un perfil en Tinder o algo así?

El caso es que Maya sonreía a cámara, sonreía a Bruno, sí, hablaba con él, lo conocía y coqueteaban, aunque fuera a través de una pantalla, mientras las amenazas empezaron a subir de tono:

LA TENGO EN EL BOTE.
Me la voy a follar.

Maldijo el día en el que conoció a Bruno. Juró que removería cielo y tierra hasta encontrarlo y acabaría con él. Llevaba un año amenazándolo y todavía no le había hecho nada, ni siquiera se había atrevido a enfrentarse a él cara a cara. Bruno era un cobarde. Y Nico era capaz de volver a sacar al *monstruo* para acabar con todos los que se interpusieran en su camino y en el de Maya. Bruno no tenía ni idea de lo que el pasado era capaz de hacer, pero a veces, Nico, hay que tener en cuenta que el pasado te engulle.

CAPÍTULO 28

—Nico Méndez lo ha confesado todo, comisario. Que es Jesús Cañizares, que su madre lo crio como si fuera una niña bajo el nombre de María y que sufría maltrato por su parte. Un maltrato que lo llevó al hospital en diciembre del 97, pocas horas después de haber matado a Santi. Su madre fue quien le dio la paliza. Su propia madre fue quien lo dejó en coma. Dos años después la mató a sangre fría y se subió al primer autobús nocturno que encontró con destino a Cáceres, donde vivió un tiempo y conoció a Bruno, a quien ha intentado matar porque se ha estado acostando con Maya. Eran socios, pero después del asesinato de Cristina en 2002 tomaron caminos distintos y a Nico le fue mejor que a Bruno, que se arruinó. Ha confesado el asesinato de Santi en 1997. Era novio de Maya y resulta que Nico ya estaba obsesionado con ella y odiaba verlos besuqueándose por los pasillos del instituto. Nos ha hablado largo y tendido de la noche en la que mató a Cristina Fuentes y de los asesinatos en Patones de Arriba —resume Vega con un gesto de extrañeza, porque las cosas no suelen ser tan fáciles, no en su mundo. Los asesinos despiadados como Nico no suelen confesar sus crímenes así como así, y, sin embargo, la frialdad de sus ojos vacíos, la manera de hablar, como si su alma estuviera rota o muerta, o un poco de ambas cosas, han sido unos minutos sobrecogedores que a Vega se le han quedado grabados. Jamás se había enfrentado a nada igual ni se había sentido tan rara frente a un criminal.

—Un caso facilito, así me gusta. Vayan redactando el informe, que el lunes ese cabronazo pasa a disposición judicial. Felicidades, inspectora Martín. Tendré que pasarles el caso del Descuartizador. El muy cabrón se ha cobrado una nueva víctima y el equipo de Gutiérrez anda más perdido que una máquina de afeitar en casa de Chewbacca.

—¿Siete mujeres ya? —inquiere Daniel con gesto de gravedad.

El comisario se retira los pocos pelos que le quedan en la cabeza y asiente.

—Una desgracia. Daniela López, otra paciente del doctor José Gago, nadie se explica cómo... Su cuerpo ha aparecido en un camino cercano al kilómetro 3 de la carretera que une Alcorcón con San Martín de

Valdeiglesias. Pero bueno, no les entretengo más. Váyanse a sus casas, descansen. Han hecho un buen trabajo.

Gallardo les da la espalda alejándose de ellos en dirección a su despacho, mientras Vega le da un sorbo al café que acaba de sacar de la máquina.

—¿En qué piensas? —le pregunta Daniel.

—En que ha sido demasiado fácil. Demasiado —recalca Vega—. Ha confesado tres crímenes que han prescrito, los tres recientes y el ataque a Bruno, pero, aunque le rajara la garganta a su madre cuando solo tenía dieciséis años y fuera un crimen brutal, lo que ha pasado en Patones de Arriba ha sido más... agresivo. Como para hacerle recordar a Maya lo que pasó con Cristina. Hay algo que no encaja. O, al menos, no encaja con el porte actual de Nico, con su manera de ser tan contenida.

—Pero lo ha confesado, Vega, y además con frialdad, con una calma que hiela la sangre... Es un psicópata. Han sido crímenes muy premeditados e hirientes, dirigidos a Maya como el de Cristina en el pasado, y Nico ha reconocido que estaba obsesionado con ella, por lo que tiene su lógica si se ha estado viendo con Bruno. Que por cierto, están cotejando las huellas de Nico con las del hacha.

—Coincidirán, seguro —vaticina Vega—. Pero también encontrarán huellas de Maya, porque el hacha la usaban para cortar leña, has visto el leñero tan bien como yo.

—Entonces ¿qué propones?

221

—Que a primera hora vayamos al estudio de Nico. Que hablemos con sus empleados y pidamos una orden para triangular su móvil y asegurarnos si estaba en Huesca tal y como nos ha dicho al principio, o nunca se movió de Patones de Arriba.

—Pero los pantalones... ni una sola arruga...

—Ya. Ni una sola arruga en los pantalones. —Vega comprime los labios, acaba el café y tira el vaso de cartón a la papelera que hay al lado de la máquina—. Necesitamos hablar con Maya y Bruno. No quiero precipitarme, siento que esto... que este caso aún no ha acabado. Que hay algo más.

Son las cuatro de la madrugada. Deberían irse a casa, pero Daniel se ha acostumbrado a dejarse llevar por la afilada intuición de Vega y decide quedarse con ella. Al fin y al cabo, le gusta más la cara de la inspectora que la de perros que le dedicará Sara, su mujer, en cuanto entre por la puerta.

Hospital Universitario La Paz, a la mañana siguiente

Una enfermera se asoma a la puerta de la habitación donde está ingresado Bruno. Al ver que está despierto, le dice:

—Buenos días, tienes visita.

Maya, vacilante, entra en la habitación. Aún tiene las

222

muñecas vendadas y viste una bata del hospital.

—Maya. Estás bien, no sabía si... Siéntate —le pide Bruno, señalando el sillón que hay junto a la cama.

—Qué ha pasado, Bruno. Qué pasó, necesito entender que...

—Están muertos, ¿verdad? —pregunta Bruno con la voz quebrada. Maya asiente tratando de evitar la imagen que se le presenta, la de la cabeza de Izan decapitada encima del mostrador, como la de Cristina diecinueve años atrás esperándola en el portal—. No tuve que irme... si no me hubiera ido, podría haberme enfrentado a él y...

—¿Por qué no me dijiste que conocías a Nico?

—Eso... pertenece a otra vida, Maya. Cuando me enteré de lo de Cristina, lo repudié. Lo repudié, pero no tenía pruebas para inculparlo, aunque yo sabía que había sido él por la rabia que sentía hacia Cristina por ser tu... bueno, decía que te tenía absorbida. Que te manipulaba, que siempre había sido así. Y luego... al muy cabrón le fue mejor que a mí. Vivo en el piso en el que Nico se crio, claro, era una ganga. Tantas muertes, tanto dolor... Vivo en el mismo piso donde mató a su madre —subraya—. Por eso no me gusta hablar del lugar en el que vivo, por eso me cabreé tanto cuando Alina, joder, pobre Alina, lo nombró... pero es que no tengo otra opción, no...

—Déjalo. El piso me da igual.

—Quería protegerte, Maya.

—Pero no te fuiste del pueblo.

—No. Era de noche y sin coche... en cuanto me

largué de tu casa supe que había sido una mala idea, pero después de trataros tan mal, ¿cómo iba a volver? Me pateé el pueblo, busqué un callejón, me senté y me dormí. Hasta que Nico apareció. Me encontró, me atacó y... si no llegan a aparecer esos policías, me habría desangrado. Estaría muerto.

—Pero no lo estás —dice Maya, dedicándole una pequeña sonrisa.

—Tú... ¿Por qué lo has hecho? —quiere saber Bruno, señalando los brazos vendados de Maya que, titubeante, contesta:

—Porque pensaba que tú también estabas muerto. Que a ti también te había matado y yo... —Maya baja la mirada, se retuerce las manos con nerviosismo. Bruno alarga el brazo, animando a Maya a entrelazar sus dedos con los suyos, y así se quedan un rato, acariciándose los nudillos hasta que ella rompe el silencio—: Quiero estar contigo, Bruno. Me he... —Traga saliva, una lágrima se desliza por su mejilla, como si estuviera a punto de decir algo triste—: Me he enamorado de ti.

Ahora quien sonríe es Bruno, y lo hace con tanta ternura, que provoca que los latidos del corazón de Maya se aceleren.

—Yo también me he enamorado de ti —confiesa en un murmullo, la voz ronca—. Me gustaste desde la primera vez que te vi, aunque fuera a través de una pantalla.

—Es precipitado, pero cuando nos den el alta, ¿quieres venir al pueblo conmigo?

—Sí —asiente Bruno, algo más animado—. Yo te protegeré. Nico no volverá a hacerte daño.

Maya asiente. Bruno añade:

—Nadie debería pasar por todo lo que te ha tocado pasar a ti, Maya. No te lo mereces.

—Anoche lo detuvieron. Lo ha confesado todo. Se va a pudrir en la cárcel.

—Sí, se va a pudrir en la cárcel —repite Bruno con tranquilidad.

CAPÍTULO 29

Madrid
Viernes, 21 de mayo de 2021

Son las nueve y media de la mañana cuando Vega y Daniel aparcan el coche cerca de la calle O'Donnell, donde se encuentra el estudio de arquitectura de Nico. Estudio de Arquitectura Méndez, leen en el elegante cartel de la entrada, cuando el teléfono de Vega suena.

—Mierda. Es Marco. Debería dar señales de vida, espera.

Daniel asiente, Vega se aleja unos metros.

—Marco, perdona que no te haya dicho nada, es que... uff, es un caso complicado.

—Nada, tranquila, ya me contarás. Era para saber si hoy vas a venir a casa. A comer o...

—¿No tienes consultas?

—Las han cancelado todas, hasta la semana que viene no tengo ni una sola cita y ya veremos... —contesta Marco con preocupación—. Ha aparecido una séptima víctima, esto es de locos.

—Lo sé.

—¿Y no tienen nada todavía?

—Expresión del comisario: están más perdidos que una máquina de afeitar en casa de Chewbacca.

A Marco le entra la risa.

—Esa es buena. ¿El comisario es fan de *Star Wars*? Me cae bien.

—Yo qué sé. Bueno, Marco, te tengo que dejar —le dice, con la vista clavada en las vidrieras por las que se ve el interior del estudio de Nico—. Supongo que sí, que estaré en casa al mediodía, pero esto... bueno, ya sabes, en mi trabajo no hay horarios.

—Pero debes de estar agotada, no habrás dormido en toda la noche. En cuanto llegues a casa te espera un masaje de una hora, que lo sepas.

—Mmmm... lo estoy deseando.

—Te quiero.

—Y yo. Hasta luego.

Vega se da la vuelta, mira a Daniel con aire inquisitivo.

—¿Todo bien?

—Quiero acabar con esto —contesta Vega—. En casa me espera un masaje de una hora.

—Qué suerte tienes. A mí fijo que me espera una bronca —suelta Daniel resoplando.

Entran en el estudio, forrado de paneles de madera con un gusto exquisito, donde una recepcionista, que no debe de saber que su jefe está preso y que es el autor confeso de una serie de crímenes espeluznantes, los recibe con amabilidad.

—Buenos días, ¿en qué puedo ayudarles?

—Inspectora Vega Martín.

—Subinspector Daniel Haro.

—Ah. —La recepcionista se queda muda—. Eh... pues díganme en que puedo...

—¿Podríamos hablar con el encargado o encargada? —pide Vega.

—Nico Méndez es el jefe del estudio, no se encuentra en estos momentos. Está en Huesca.

Vega mira a Daniel con apuro.

«¿Cómo va la orden para rastrear la señal del móvil de Nico y saber con exactitud dónde ha estado estos días? —querría preguntarle—. ¿Tú sabes algo?».

Daniel, como si le leyera el pensamiento, niega con la cabeza y se encoge de hombros.

«Ni idea».

Si esto no es telepatía, ¿qué es?

—¿Seguro que Nico Méndez ha estado en Huesca? —quiere asegurarse Vega.

La recepcionista revisa algo en el ordenador. Al rato contesta:

—Ajá... sí. Llegó el domingo por la noche. Se registró a las diez en el Hotel Terra Bonansa donde yo misma le reservé una habitación hasta el día... mmm... hasta el lunes que viene, 24 de mayo. No veo que se haya anulado la reserva ni que haya abandonado la habitación, por lo que debe de seguir en Huesca.

—¿Puedo ayudarles? —irrumpe una mujer de treinta y pocos años, cuya delicada estructura ósea y su suave pelo rubio evoca al de una antigua estrella de cine. Y claro, no somos de piedra, así que la mujer acapara toda la atención de Daniel, a quien Vega le dedica una mirada de reojo como reprochándole que es igual que todos los tíos, que se atolondran con facilidad ante una belleza de metro setenta y cinco y figura escultural—. Me encargo de los asuntos de Nico cuando no se encuentra en el estudio —sigue hablando con suavidad—. Actualmente está en Huesca, tal y como les ha informado Laura.

—Nico Méndez no está en Huesca —aclara Vega directa, un poco brusca debido al cansancio acumulado—. Está en un calabozo, es el autor confeso de varios crímenes.

Las dos mujeres palidecen hasta extremos preocupantes.

—Pero eso... eso no puede ser, pero si Nico es...

—... un santo bendito —añade la recepcionista, llevándose las manos a la boca como si le acabaran de dar el peor susto de su vida.

En el calabozo, en ese mismo momento

«Yo no nací para convertirme en un asesino», piensa Nico, con la mirada fija en el techo agrietado de esta celda de ocho metros cuadrados en la que aún puede sentir el miedo, la desesperación, la soledad y la confusión de quienes estuvieron atrapados aquí antes que él.

Nico está a punto de morir.

Le extraña que no le requisaran el cinturón, si todo el mundo sabe que es un arma de lo más valiosa para usarla contra uno mismo. Y, como toda persona que está a punto de abandonar este mundo cada vez más absurdo, le da un repaso rápido a lo que ha sido su vida. La protagonista de sus pensamientos es, cómo no, Maya. Siempre fue ella, lo demás carece ahora de importancia. Todo lo que ha hecho ha sido por ella. Repasa en su memoria una conversación que tuvieron, cuando ella le confesó que tenía un motivo de peso para no salir de Patones de Arriba. Vivir enclaustrada ahí era mejor que vivir con miedo. No quería ni oír hablar de Madrid. No regresaría. Jamás volvería a pisar sus calles. Porque era la mejor amiga de Cristina Fuentes, conocida como la Dalia Negra española, le contó con voz temblorosa, y Nico tuvo que interpretar su mejor papel. Se mostró comprensivo y espantado por un crimen tan atroz, a la vez que simuló recordar vagamente el suceso.

Y un día, mientras cenaban, Nico le preguntó:

—Si tuvieras al asesino de Cristina delante de ti, ¿qué harías?

Maya no se lo pensó dos veces y Nico, que se dio cuenta en ese momento de la rabia que ella había ido acumulando con los años, nunca la había visto hablar con tanto arrojo:

—Matarlo. Matarlo con mis propias manos. Sí, eso es lo que haría, lo que desearía hacer. Ojalá pudiera. Que, en lugar de pudrirse unos pocos años en la cárcel, porque es injusto que esos depravados acaben saliendo a la calle, lo mataría y que se pudriera bajo tierra como se está pudriendo Cristina.

Nico sonríe mientras anuda el cinturón de cuero a uno de los barrotes con habilidad, asegurándose de hacerlo bien para que así le comprima el cuello lo suficiente hasta matarlo. Solo va a tener una oportunidad y espera que no aparezca ningún agente para impedírselo. Cierra los ojos. Ve a su madre. Ve al padre que no conoció, al padre que tuvo que imaginar. Ve al pobre chaval al que apuñaló en el descampado. Ve a María, sí, se ve a sí mismo cuando era María, tan perdida, tan perdido, tan ausente, tan infeliz. Le gustaría poder decirle a esa *niña* que fue que todo mejoraría, que no le iría tan mal, aunque, al final, el precio que ha tenido que pagar ha sido demasiado caro. Y vuelve a Maya, su zona de confort, su luz al final del túnel. Necesita volver a ella para despedirse de la vida y despedirse bien, que le vean en la cara la sonrisa de alguien que, a pesar de todo, llegó a saber lo que era sentirse querido. Era lo único que ansió desde niño. Ser querido.

Ojalá los de arriba se apiaden de él.

Ojalá sus fantasmas le perdonen.

Nico sabe que toda maldición se rompe con un

sacrificio de por medio.

Por eso, hasta aquí ha llegado.

CAPÍTULO 30

Madrid
Viernes, 21 de mayo 2021

—¿Pero cómo ha podido pasar? —le grita Vega a quienquiera que esté al otro lado de la línea, ante la atenta mirada de Daniel.

Corta la llamada furiosa, apretando con tanta fuerza el móvil que da la sensación de que lo vaya a hacer trizas. Desearía tener su saco de boxeo delante para desahogarse de lo lindo y así aplacar el incendio que siente propagándose en su interior a toda velocidad y sin control.

—Vega, ¿qué pasa?

—Que Nico se ha quitado la vida en la celda. El cinturón, joder, no le quitamos el cinturón. Se han despistado un momento y... ¡JODER!

A estas horas Patones de Arriba está en boca de todos y le ha quitado protagonismo al mismísimo Descuartizador, que debe de estar subiéndose por las paredes porque el caso de su séptima víctima ha pasado sin pena ni gloria. El comisario les dice a Vega y a Daniel que no hay más que hacer. Con el suicidio de Nico Méndez, Jesús Cañizares o quienquiera que haya sido en realidad ese bicho, se cierra el caso de Patones de Arriba, el de la Dalia Negra española que él mismo no pudo resolver, el de Santi en el 97 y el de la madre, Helena Parra, en su piso de la calle Antonio Grilo en enero del 99. Y que hagan el favor de largarse a sus casas a descansar, que disfruten del fin de semana *y el lunes ya veremos*. Y eso es lo que hacen, pero Daniel intenta retrasar el momento de volver a casa, aunque sea un poquito más:

—¿Vamos a tomar algo? Así desconectamos, Vega, estás... te veo muy nerviosa.

—No. Necesito irme a casa con Marco.

—El masaje te espera, claro... —murmura Daniel, taciturno, y Vega lo mira fijamente a los ojos como si de veras pudiera ver a través de él. Por un momento, le da por pensar qué habría pasado si hubiera conocido a Daniel antes que a Marco, o si Daniel no estuviera con Sara. Qué habría pasado entre ellos si no fueran compañeros de trabajo.

—Habla con Sara. Arreglad las cosas. Como dice mi madre, esto también pasará, y, si no pasa, es que, simplemente, no tenía que ser.

—Ya... —Lo último que necesita Daniel ante su inminente crisis matrimonial son los consejos de la mujer por la que bebe los vientos—. Nos vemos el lunes, jefa.

Media hora más tarde, Vega llega a casa y, en silencio y sin que Marco, respetuoso, le pregunte nada, se tumba en el sofá con la cabeza apoyada en su pecho. A los diez minutos, Marco, demostrando una vez más que no hay marido más perfecto que él, le pregunta:

—¿Qué necesitas? Lo que sea, dímelo y lo hago.

—A ti, Marco —contesta Vega con voz pausada, cerrando los ojos y centrándose en los latidos del corazón de su marido—. Solo te necesito a ti.

CAPÍTULO 31

Patones de Arriba
Lunes, 24 de mayo de 2021

El pueblo de Patones de Arriba tiene una atmósfera extraña, una calma inquietante. Hace solo cuatro días, las calles estaban llenas de policías, cadáveres descuartizados y un asesino dispuesto a todo al que hoy entierran en la más absoluta soledad. Nadie, ni siquiera los empleados de su estudio cuyo futuro ahora es incierto, asiste al funeral de Nico Méndez, conocido como un despiadado asesino en serie. El asesino de la Dalia Negra española, dicen los titulares, ha aparecido diecinueve años después. De los jóvenes asesinados en Patones de Arriba, de Santi o de Helena Parra, apenas hablan porque no venden tanto como el crimen de Cristina Fuentes.

En cuanto a Bruno le han dado el alta en el hospital, Maya le ha dado la mano y le ha susurrado al oído:

—No me sueltes.

—Nunca —le ha contestado él.

Y así es como han salido del hospital, cogidos de la mano y con la mirada puesta en el futuro, un futuro que está a una hora de distancia de Madrid, en la calma del pueblo medieval de Patones de Arriba, escenario de horror y muerte en estos últimos días. Maya y Bruno ni siquiera se preguntan qué habrá sido de los cuerpos de Sonia, Alina e Izan. No conocen a sus padres, en realidad no sabían nada de sus vidas, solo que algo como lo que les ha pasado a ellos mismos habría despertado su morbo y curiosidad. Ya nunca conocerán la identidad del Descuartizador por el que tanto interés sentían.

—¿Qué crees que hay después de esto? —le pregunta Maya, cuando llevan veinte minutos dentro del taxi de regreso al pueblo.

—¿Después de qué? ¿De morir?

—Sí.

—Nada. No creo en nada.

—Me pregunto si Nico... María, Jesús o quien fuera... habrá podido encontrar la paz.

—¿Te entristece que esté muerto?

Maya mira a Bruno con el rabillo del ojo. Recuerda que Nico le preguntó qué haría si tuviera delante al asesino de Cristina. Ella le contestó que lo mataría. Que ojalá pudiera matarlo con sus propias manos.

—No —niega con un nudo en la garganta—. No me entristece que Nico esté muerto.

—A mí me entristece no haber hecho algo por evitar

las muertes de Alina, Izan, Sonia...

—Iba a dejar el grupo, ¿sabes? Estaba dispuesta a dejar de investigar todos esos casos truculentos. Me arrepiento del día en el que se me ocurrió meterme en la *Deep Web*. Me creí muy lista... todos nos creímos muy listos.

—Ya... Yo también iba a dejarlo. Lo único bueno de todo esto ha sido conocerte a ti —le sonríe Bruno a Maya, ante la atenta mirada del taxista, cuyos ojos enfocan a la pareja a través del retrovisor interior, deduciendo que están empezando, que a ver si el tipo le dice esas cosas tan románticas dentro de un año.

Es Maya quien paga la carrera cuando llegan a Patones de Arriba. La mano le tiembla al abrir la puerta de la casa rural, limpia y reluciente tras toda la sangre derramada, y, sin embargo, aún es capaz de ver la cabeza de Izan encima del mostrador como si de verdad siguiera ahí.   Tiene que alejarse, así que Maya va hasta la cocina, enciende la cafetera, es lo primero que se le ocurre para liberar la tensión que le agarrota los hombros, abre el cajón de los cuchillos y...

—Maya... ¿Estás bien? ¿Preferirías ir a otro sitio? —irrumpe Bruno en la cocina, colocando la mano sobre su espalda.

—No... solo... —Maya inspira hondo, tratando de controlar el temblor que se ha apoderado de ella. Se palpa el bolsillo derecho de los tejanos, vuelve a agarrar la mano de Bruno y lo conduce hasta el apartamento de la última planta. Abre el armario. El falso fondo sigue ahí, como si no lo hubieran movido, como si nadie hubiera descubierto su habitación secreta donde aparecieron los restos de Izan cortados a pedazos con un hacha en la que hallaron las huellas de Nico, que era quien solía cortar la leña. Retira el falso fondo con ayuda de Bruno, dejan el tablón de madera en el suelo. Al rato, Maya le pide a Bruno que suba arriba.

—¿Arriba? —se extraña él, con la vista clavada en las seis barras de acero ancladas en la pared que sirven de escaleras—. ¿Qué hay ahí?

—Espero que lo hayan limpiado —contesta Maya, nerviosa, palpándose las vendas que le cubren los brazos, un gesto que se ha convertido en un tic—. Creo que... la policía se llevó mi portátil, poco encontrarán, no hay nada interesante, pero quiero que cojas una foto que hay en el corcho, que yo no puedo subir ahí... Es una foto en la que salgo con Cristina. Necesito esa foto —le pide.

—Ah. Vale. Voy.

Si tuvieras al asesino de Cristina delante de ti, ¿qué harías?

Maya, desde abajo, oye a Bruno moverse por la buhardilla. Ha alcanzado a escuchar hasta el clic de la cadenita con la que se enciende la bombilla. Se lleva la mano al bolsillo de los tejanos, agarra con fuerza el mango del cuchillo que ha cogido del cajón de la cocina y, sigilosa, sube por última vez a su espacio secreto. Encuentra a Bruno de espaldas, sujetando la foto que

Nico les hizo a Cristina y a ella horas antes de que la vida, sus vidas, se desquebrajaran para siempre y sin remedio.

Matarlo. Matarlo con mis propias manos. Sí, eso es lo que haría, lo que desearía hacer. Ojalá pudiera.

—Al poco rato de que nos hicieran esa foto, Cristina se fue con un chico. Un chico alto, fuerte, muy guapo, que le gustaba mucho —empieza a decir Maya, sin que Bruno sea capaz de mover un solo músculo—. Ese chico eras tú —sentencia, clavándole la hoja del cuchillo en el mismo punto en el que Bruno, para acusar falsamente a Nico, se hirió a sí mismo después de descuartizar los cuerpos muertos de Izan, Sonia y Alina. En el caso de Sonia y sabiendo que en la fachada del restaurante había una cámara semioculta, se vistió de mujer y se puso una peluca para que creyeran que Nico seguía siendo un enfermo. Lo tenía todo planeado. Maya retuerce la afilada hoja en la carne. Se deleita en el gemido de dolor que se le escapa a Bruno, en cómo retuerce la espalda y las piernas empiezan a cederle—. Tú te llevaste a Cristina. Tú la mataste, la decapitaste, me dejaste la cabeza en el portal, los restos en el descampado. ¿Por qué lo hiciste?

—Me… enamoré… de ti.

—¡Gilipolleces! ¡Fue por pura maldad! ¡Para arruinarle la vida a Nico, para mí siempre será Nico! —le grita Maya con furia, ejerciendo toda la fuerza de la que es capaz para extraer el cuchillo y volvérselo a clavar, esta vez sin mirar y sin saber que le ha dado de lleno en el pulmón, impulsando el cuerpo de Bruno hacia delante hasta derrumbarlo—. Querías que culparan a Nico, esa siempre ha sido tu intención —añade, poniéndose en cuclillas a su lado sin soltar el mango del cuchillo. Maya clava los ojos en Cristina, congelada en el tiempo a través de una foto salpicada de la sangre de Bruno—. Sí, querías que lo encontraran, que lo relacionaran con la chica que su madre lo obligaba a ser, conmigo, con Cristina, con el instituto... pero no pudiste. Él supo lo que hiciste, vio que eras un monstruo, un puto sádico, y por eso se desvinculó de ti. ¿Y después qué? Llegó la ruina, Bruno. Tuviste problemas económicos, buscaste a Nico, te jodió que le hubiera ido tan bien. Lo amenazaste, le pediste dinero. Descubriste mi afición y, de la noche a la mañana, apareciste en el equipo de ciberinvestigadores deseando colaborar con nosotros. Te los camelaste a todos con tus conocimientos informáticos y tu afilada intuición y después, poco a poco, me conquistaste a mí. Y yo, como una imbécil, caí en tus redes porque eras una novedad, pero yo en realidad... yo quería a Nico. Lo quise a pesar de todo lo que me contó en el hospital y al fijarme mejor en sus ojos... en cómo me miraba... volví a ver a María, aquella chica/chico raro que siempre estaba demasiado pendiente de mí y que al final resultó que solo quería un poco de amor y atención... ¿Sabes qué fue lo último que me dijo antes de que se lo llevaran preso? Que sentía mucho haberte traído a mi vida y a la vida de Cristina, aunque no fuera santo de su devoción. Y que iba a hacer lo necesario para cumplir mi deseo: matar con mis propias manos al asesino de mi amiga. Por eso mintió a la policía. Les dijo que él era el asesino, el asesino de Patones de Arriba... —espeta, riendo y llorando a la vez, temiendo que este instante acabe enloqueciéndola—. ¿Por qué, Bruno? Hay tantas preguntas sin respuesta... Alina, Izan y Sonia. ¿Qué metiste en la botella de vino que se pimplaron entre los tres, eh? Si yo también hubiera bebido de ese vino, habría muerto y no te habría importado lo más mínimo. Ellos no tenían culpa de nada. ¡¿Y por qué Cristina?! —repite—. Era odiosa, lo sé, pero era mi amiga, joder, y me la arrebataste... me lo quitaste todo.

—Nico... tenía que... acabar en... la... cárcel.

—¡Pero los mataste tú! ¡TÚ! Nico se ha llevado a la tumba el peso de la mala fama —dice Maya con la voz rota, soportando un dolor intenso en las cuerdas vocales, volviendo a extraer el cuchillo, levantándolo y dándole la estocada final en la arteria carótida a un Bruno del todo abatido e indefenso, de donde empieza a manar mucha sangre. La habitación secreta vuelve a estar llena de sangre. Maya recoge la foto del suelo antes de que se estropee y pierda lo poco que le queda de Cristina—. Pero tú y yo sabemos la verdad, Bruno. Nico mató a dos personas, a Santi y a su propia madre, que era una maltratadora, pero llegó un momento en el que fue capaz de domar al monstruo, ese monstruo que fue alimentando su madre, las burlas, esta sociedad enferma y egoísta que no ve más allá y juzga sin esforzarse en entender. Pero tú mataste a sangre fría y con maldad a mi mejor amiga y lo has vuelto

a hacer, has matado a tres jóvenes inocentes. ¡TÚ ERES EL
MONSTRUO, SIEMPRE HAS SIDO TÚ!

Madrid, 24 de mayo de 2021
Dos horas más tarde, en comisaría

—Vega… —titubea Begoña, irrumpiendo en el cubículo
donde Vega se encuentra redactando un informe.
—Dime.
—Eh… A ver, sabes que después de que Nico Méndez
se suicidara costó un poco obtener la orden para rastrear
su móvil, ¿no?
—Al grano, Begoña.
—Pues resulta que Nico llegó a Huesca el domingo
16 de mayo a las 21.30. Estuvo en Huesca hasta el
jueves, que volvió a Patones de Arriba, Vega. Él no es el
asesino, no pudo serlo, no estaba allí y lo he corroborado
hablando con un cliente y con gente del hotel donde se
alojó. Me aseguraron, con un poco de miedo por no
haber declarado antes, que el miércoles por la noche
Nico estaba en Huesca. Me jode una barbaridad tener
que darle la razón al novato, pero… Samuel nunca se fio
de Bruno.
—Mierda. ¿Le dieron el alta?
—No lo sé. Voy a averiguar y te digo, ¿vale?
Media hora más tarde y tras realizar unas cuantas

243

llamadas, Vega, en compañía de Begoña porque Daniel se ha pedido el día libre, viajan hasta Patones de Arriba. Llegan en el momento culminante del atardecer. El cielo teñido de un rojo intenso y el sol dorado en el horizonte desprende sus últimos rayos, cada vez más difusos tras las montañas que envuelven el pueblo. La calma que sus calles transmiten tras unos días de frenética actividad, las estremece.

—Pensé que nunca volvería —dice Vega, mirando a su alrededor.

—Maya y Bruno salieron juntos del hospital. Cogidos de la mano, ha especificado la doctora con una sonrisilla.

—Me preocupa que Maya esté en peligro.

—Si Bruno es el asesino, a mí lo que me preocupa es que no hayamos llegado a tiempo —tercia Begoña, sacudiendo la cabeza y caminando a paso rápido en dirección a la casa rural.

—Lo que no entiendo es por qué Nico confesó unos crímenes que él no había cometido —sigue fustigándose Vega.

—Y probablemente nos quedaremos con la duda, Vega —se lamenta Begoña, cuando están a un par de pasos de girar a la derecha y plantarse frente a la casa rural de Maya, a quien ven sola, en calma, sentada bajo un platanero con una copa de vino tinto en la mano.

—Buenas tardes, Maya, ¿se acuerda de mí? —saluda Vega ante el mutismo de Maya, que las mira como si fueran espectros—. ¿Se encuentra mejor?

—Sí... —asiente Maya, que no sabe si levantarse o seguir sentada. Finalmente, se decanta por seguir sentada—. Siento no haber... podido colaborar más.

—Tranquila. Lo importante es que esté bien —le dice Vega, acercándose a ella y mirando hacia el interior de la casa a través de la ventana que da a la cocina—. ¿Está Bruno por aquí? En el hospital nos han dicho que se fueron juntos.

—Ah... —Maya suspira, dirige una mirada errante al suelo—. Se ha ido. Yo... después de lo de Nico no... no estoy preparada para... bueno, ya saben.

—Entiendo. ¿Y tiene alguna idea de dónde ha podido ir?

—¿Pasa algo?

Vega y Begoña se miran con complicidad. Es Begoña quien le cuenta que...:

—Nico no mató a sus amigos.

—No eran mis amigos —aclara Maya arrastrando las palabras. ¿Cuántas copas de vino ha bebido? La botella está prácticamente vacía.

—Nico estaba en Huesca —puntualiza Begoña—. Volvió al pueblo el jueves. Nos preguntamos por qué confesó unos crímenes que él no ha cometido.

«¿Cómo pudo mantener esos pantalones tan lisos, sin una sola arruga, después de conducir desde Huesca hasta aquí?», sigue preguntándose Vega.

—Ah.

—Ya lo sabía, ¿verdad? —tantea Vega, escudriñando

con atención la expresión de asombro de Maya—. Usted sabía que no había sido Nico.

—¿Cómo? Yo no… yo no sabía nada.

Maya, nerviosa, apura la copa de vino hasta dejarla vacía. Se levanta con los ojos brillantes, como si estuviera a punto de llorar, pero aguanta. De momento, aguanta.

—Perdónenme. Agradezco que hayan venido, pero quiero dormir. Estoy agotada. Física y mentalmente. No puedo más. Sobre Bruno, no tengo ni idea de adónde ha podido ir, de verdad. Yo… ahora… después de todo lo que ha pasado… solo quiero pasar página.

—Es comprensible, Maya. Sentimos haberla molestado, ya la dejamos tranquila.

Tras decir esto, Vega es la primera en darle la espalda y desandar el camino de regreso al coche, mientras Begoña mira a Maya un par de segundos más.

—Oculta algo… —le susurra Begoña al oído.

—¿No me digas? No lo había notado —espeta Vega con ironía—. Voy a pedir una orden para registrar la casa rural.

—¿Y no sería mejor dejarla tranquila? Al menos durante un tiempo. Ha pasado por mucho, Vega.

—¿Y si ha sido ella, Begoña? ¿Y si Nico confesó que había sido él para protegerla?

—Madre mía, qué película. ¿Pero tú la has visto? No debe de medir más de metro sesenta y cinco y pesa… ¿Qué? ¿Cincuenta kilos? Es imposible que pudiera arrastrar el cadáver de Izan hasta esa buhardilla, es que, vamos, ni cortado a...

—Ya, Begoña, ya. Qué desagradable —la interrumpe Vega, harta de detalles escabrosos—. No encaja con la persona que la cámara del restaurante captó, claro, suponemos que se trata de un hombre alto vestido de mujer y con peluca de entre metro setenta y cinco, metro ochenta, como Nico y como Bruno, pero Nico no era porque estaba en Huesca, así que solo nos queda Bruno. Aun así, voy a pedir la orden. Cuando he mirado hacia el interior de la casa se le ha desencajado la cara. No quería que entráramos. Tenía miedo.

CAPÍTULO 32

Madrid
Jueves, 27 de mayo de 2021

Vega se siente frustrada. El comisario Gallardo le ha ordenado que olvide el caso de Patones de Arriba y que ni orden al juez para registrar la casa rural ni leches, que a ojos de todo el mundo Nico Méndez es el asesino. Debido a lo mediático que ha sido y sigue siendo este caso al estar relacionado con el crimen de la Dalia Negra española, no pueden reconocer que se han equivocado y que el asesino, supuestamente Bruno Medina, sigue suelto.

Vega conduce en dirección a comisaría con la radio encendida.

El Descuartizador se ha cobrado la vida de Martina Cuesta, la octava víctima en menos de seis meses, cuando no se ha cumplido ni una semana desde que hallaron los restos de Daniela López. Martina, como el resto de las víctimas, también era paciente

248

del psicólogo José Gago. Denunciaron su desaparición hace escasas veinticuatro horas y sus restos se han encontrado en las inmediaciones del tanatorio de la M-30...

—Joder —resopla Vega, aparcando en su plaza e intuyendo que va a ser un día movidito en comisaría. Sin embargo, y pese a lo mucho que les está afectando el caso del Descuartizador, Vega es incapaz de dejar de pensar en Bruno, en Maya... así que entra con decisión en busca de Daniel, a quien encuentra frente a la máquina de café—. Daniel, nos vamos de paseo.

Daniel está al corriente de las prohibiciones de Gallardo. No está de acuerdo con él y sí con Vega, que no da el caso por cerrado y al comisario parece importarle más la reputación que la verdad, pero no pueden llevarle la contraria. Gallardo es quien manda y, a su vez, quien acata órdenes (y presiones) de los de más arriba.

—¿Ese paseíto no será a Patones de Arriba, no?

—No. A la calle Antonio Grilo. Además, ¿no te parece curioso que el domicilio de Bruno sea el mismo en el que Nico se crio? Joder, que Bruno vive en el piso en el que Nico mató a su madre.

—Cuando lo compró, allá por principios del siglo XXI, estaba tirado de precio. Un asesinato en una casa es un chollo, baja el precio que no veas.

—¿Vamos?

—Un café y nos vamos, venga.

La gente ha dejado de creer en los fantasmas. Prefieren ignorar aquello que temen para no pensar que, algún día, ojalá más tarde que pronto, ellos también pertenecerán al mundo invisible. Los fantasmas siguen aquí, al acecho, están por todas partes buscando un poquito de atención. Y eso es lo que siente Vega cuando se planta frente al número 3 de la calle Antonio Grilo. Desde la acera contraria mira en dirección a las ventanas del tercer piso, propiedad de Bruno. No parece haber vida tras los ventanales sucios. Ya lo sintió hace años el comisario Gallardo, como si nada bueno les pudiera esperar ahí dentro. Se trata de una carga energética negativa; si estás atento, los fantasmas te susurrarán con mucho gusto su historia.

—Hace tiempo leí todo lo que pasó en este edificio —empieza a decir Daniel—. Dicen que está maldito, que es lo que suele pasar en los lugares en los que ha habido muertes violentas, aunque algún vecino actual asegura que son chorradas, que aquí no hay fenómenos paranormales ni pasa nada.

—No pasa nada hasta que pasa —opina Vega, tocando el botón del 3º D en busca de una respuesta que no llega, hasta que a los cinco minutos una vecina sale del portal y les aguanta la puerta.

—¿Van a entrar?

—Estamos buscando a Bruno Medina, vecino del 3º D.

—Ah, sí, sí, el muchachito ese… vive aquí desde hace años, muy amable.

—¿Lo ha visto estos últimos días?

—No. No, no —niega con extrañeza—. Aunque casi nunca sale de casa, al menos no de día. Creo que fue la semana pasada que lo vi con una muchachita. Ella llegó de noche, se fueron a la mañana siguiente cargados con mochilas. Pero no me fijé muy bien, no vayan a creer que soy una cotilla.

«Dios nos libre», sonríe Daniel.

«Me encantan los vecinos cotillas», piensa Vega, decidida a aprovechar el encuentro.

—¿Y suele traer a mucha gente? Bruno, digo.

—No, es bastante solitario. Eso sí, te ve y te saluda y hasta se ofrece a subirte la compra, que eso pocos lo hacen. Suban, suban, a ver si dan con él.

—Muchas gracias.

Vega y Daniel suben hasta el tercer piso, y aunque tocan repetidas veces el timbre, no se escucha nada al otro lado de la puerta.

—Esta misma puerta la derribó Gallardo en el 99. ¿Te imaginas a Gallardo derribando una puerta? —empieza a decir Daniel con sorna.

—Con la mala leche que se gasta y con veintidós años menos, sí, me imagino a Gallardo derribando una puerta. Aquí no hay nadie. Pero si en el hospital nos dijeron que Maya y Bruno se fueron juntos y Bruno no ha vuelto aquí…

—Estaría bien comprobar si ha hecho uso de su tarjeta, ha ido al banco a retirar dinero o figura en la lista de pasajeros de un avión con destino a las islas Maldivas,

251

pero Gallardo...

—Maya tiene la respuesta. Maya la tiene y no nos la va a decir.

—¿Buscáis a Bruno? —irrumpe un hombre mayor a sus espaldas que los sobresalta.

—Sí, señor —contesta Daniel.

—No ha aparecido por aquí en una semana. Si veis a ese hijo de puta, decidle que me debe cien euros.

A continuación, el hombre vuelve a encerrarse en su piso dejándolos con la palabra en la boca.

—Aquí no lo vamos a encontrar, Vega, aunque un paseíto a las islas Maldivas no estaría mal...

—Anda, calla. ¿Has visto a Gutiérrez? ¿Cómo lo lleva? —se interesa Vega, con la intención de quedarse un rato más en el rellano por si Bruno aparece.

—Sí, lo he visto vomitando en los lavabos —contesta Daniel.

—¿No lo dirás en serio?

—No sé si es el Descuartizador quien lo está enfermando o Gallardo, pero este caso se le ha quedado muy grande. Ocho mujeres asesinadas en seis meses es... terrible. Y lo peor es que, en apenas unos días, han aparecido tres nuevas víctimas. Oí que tenían un sospechoso desde hace un par de días al que están vigilando, algo muy secreto, pero nada claro. Me da que van a apartar a Gutiérrez del caso.

—Pues... espero que no me lo encasqueten a mí.

—Veinte euros a que la semana que viene llevas el

caso del Descuartizador.

—Joder, Daniel, no seas gafe —espeta Vega, cansada de esperar y del olor a naftalina que flota en el aire, empezando a bajar las escaleras de vuelta al exterior.

Patones de Arriba

Por suerte, esa inspectora no ha vuelto al pueblo, pero a Maya le dio la sensación de que sospechaba de ella. No pareció creerla cuando le dijo que no tenía ni idea de adónde había ido Bruno. Lleva una semana con el miedo metido en el cuerpo de que regrese con una orden en busca de respuestas.

Lo ha intentado todo para deshacerse del cuerpo, pero le ha sido imposible moverlo del sitio y ella no es una sádica, es incapaz de cortar a pedazos a Bruno como él hizo con Cristina, Alina, Izan, Sonia... cada vez que piensa en ellos se echa a llorar. Bruno pesaba, pero Bruno muerto pesa el doble, así que ahí sigue, descomponiéndose en la buhardilla oculta por un falso fondo de armario que la policía conoce. Maya ha sido incapaz de volver a subir. Ni siquiera ha dormido en el apartamento que compartía con Nico. Lleva noches durmiendo en el salón, rodeada de libros y frente a la chimenea. Ha cerrado las reservas de la web para que no se presente ningún huésped, no mientras tenga un cadáver en casa.

Nico le ha dejado la vida económicamente resuelta. Patas arriba en otros sentidos, pero gracias a su testamento, Maya puede hacer lo que le venga en gana. Irse del pueblo, si es que encuentra las agallas para hacerlo, y empezar una nueva vida lejos de Madrid, lejos de España, lejos del dolor. Y entonces, se le ocurre una idea que le parece fabulosa y horrible a la vez, pero es la única que puede reducir en cenizas y para siempre el cuerpo sin vida de Bruno, ese cuerpo arrollador que la poseyó y que creyó amar, ahora pudriéndose en la buhardilla. Encontrarán restos, seguro, pero para entonces estará muy lejos de aquí. Ilocalizable. Perdida.

—Hazlo —le susurra una voz, y Maya, que cree que ya ha enloquecido del todo, sabe que es Nico empujándola a quemar la casa. Ni desde el más allá la deja en paz—. Hazlo y vete. Huye. Sé feliz.

La sensación de que su presencia sigue aquí, muy cerca de ella, desaparece, pero su mente viaja atrás en el tiempo hasta situarse en la habitación del hospital:

—Mi único error fue quererte demasiado desde el primer momento en que te vi, cuando yo era alguien que no era en realidad, que no estaba destinado a ser —le dijo Nico con calma, sentado a un lado de la cama del hospital, instantes antes de contarle toda la historia. Ella se despertó llena de angustia. Notaba un dolor terrible en los antebrazos cosidos de arriba abajo donde le quedarán las marcas rugosas que le recordarán siempre lo que intentó hacer—. Aunque cometí dos asesinatos, el de

Santi me pesará lo que me quede de vida, recuerda quién había esa noche... recuérdalo. Intenté que lo recordaras a través de la foto en la que sales con Cristina en aquel local de Chueca. Que lo visualizaras como si lo tuvieras delante. Fui yo quien te dejó la foto en la mochila cuando te despistaste en la biblioteca de la universidad. Siempre te despistabas en la biblioteca, los libros te enloquecen... Cristina se fue con Bruno, recuérdalo. Bruno sale en la foto, en el margen izquierdo. Se le ve de perfil, mucho más joven que ahora, pero es bastante reconocible. Fíjate bien en la foto, Maya...

La foto con manchas de sangre que ahora Maya sujeta con la mano temblorosa, le muestra a dos fantasmas. A sus fantasmas. No logra recordar bien el instante, que sigue siendo niebla en su cerebro, pero ahora lo ve y no hay duda de que el tipo del fondo era Bruno y Cristina se largó con él sin sospechar que encontraría la muerte en sus manos.

Si pudieras volver atrás sabiendo lo que ahora sabes y salvar a Cristina, ¿qué harías?

Maya rasga la foto, al principio lentamente, luego a pedacitos, hasta que no queda nada de ese momento ni de esa noche. La destroza con locura, la misma locura que la empujó a asesinar a Bruno como si fuera otra persona la que lo hiciera en su lugar.

No haría nada. Dejaría las cosas tal y como están. Para que así Cristina no volviera a llamarme inútil ni a repetirme que era una paradita con los chicos ni a decirme que era una fracasada y que ella siempre sería mejor que yo. No, aun sabiendo lo que iba a pasar y el trauma que me quedaría de por vida, no haría nada. Dejaría que Bruno se la llevara, sí... y le cortara la cabeza y la callara para siempre.

CAPÍTULO 33

Madrid
Lunes, 31 de mayo de 2021

Ni rastro de Bruno Medina desde hace una semana, como si se lo hubiera tragado la tierra. Se le pierde la pista en la salida del hospital, donde se subió a un taxi con Maya. El comisario Gallardo está tan ofuscado con los horribles crímenes del Descuartizador, temiendo que aparezca una novena víctima, que ha dejado de ponerles trabas para que olviden de una maldita vez el caso de Patones de Arriba. Tal ha sido la insistencia de Vega, que, simplemente, Gallardo le ha soltado con sus sobradamente conocidos bufidos:

—¡Usted y sus obsesiones, inspectora Martín, haga lo que le dé la gana y deje de incordiarme, pero en una semana quiero el caso cerrado!

Así que han podido localizar al taxista que los llevó del hospital hasta Patones de Arriba, una carrera muy golosa que ha recordado a la perfección:

—Parecían muy enamorados. Ya saben, lo típico al principio de las relaciones hasta que luego todo se va al carajo. Él le dijo... leñe, ¿qué le dijo? —El taxista desvió la mirada hacia un lado, tratando de recordar las palabras de Bruno—: Que lo único bueno de todo esto era haberla conocido. Algo así.

Según Maya, Bruno fue con ella a Patones de Arriba el lunes 24 de mayo y después... después nada. Maya les dijo a Vega y a Begoña que Bruno se había largado y que no sabía adónde. Balbuceaba y arrastraba las palabras, quizá debido a que se había pimplado más de media botella de vino. Pero Daniel y Vega han comprobado que no ha habido movimientos bancarios y que Bruno no ha vuelto a su piso de la calle Antonio Grilo. Tras mucho insistir, han conseguido una orden para rastrear el móvil de Bruno. La última señal se ha detectado en Patones de Arriba.

—Bruno no se ha movido del pueblo, Maya nos mintió.

—¿Y si la tenía amenazada? —sugiere Samuel, a quien Bruno no le dio buena espina desde que lo vio con aquel cuchillo clavado en el costado, en un punto estratégico para que no le afectara a ningún órgano vital, como si hubiera sido algo deliberado. En vista de que Nico no se encontraba en el pueblo, el equipo ha llegado a la conclusión de que lo más seguro es que Bruno se infringiera la herida para engañarlos y acusar falsamente al que hace años fue su socio.

—Pero Maya podría habernos hecho alguna señal para advertirnos de que corría peligro, ¿no? —opina Begoña—. Y la vimos muy...

—... tranquila. Sí, demasiado tranquila —zanja Vega—. Con miedo, pero no parecía temer por su vida.

Vega, impulsiva, ya está cogiendo su cazadora del respaldo de la silla, dispuesta a conducir hasta el pueblo medieval para volver a hablar con Maya, y esta vez, no va a rendirse, con una orden de registro. No se va a mover de allí hasta que el juez la emita. Ha perdido la cuenta de las veces que, junto a Daniel, Begoña y Samuel, han revisado el vídeo en el que el hombre alto con peluca y vestido entró en el restaurante para dejar en el arcón el cadáver descuartizado de Sonia. Era Bruno. Lo saben como si el objetivo de la cámara semioculta entre la hiedra de la fachada del local les hubiera mostrado su cara. Misma constitución y altura, pero ¿por qué? ¿Y qué ha podido hacer una mujer menuda como Maya contra un demonio como él, en el caso de que se haya tomado la justicia por su mano?

—Samuel, Begoña, id moviendo la orden de registro. Daniel y yo volvemos a Patones de Arriba.

Patones de Arriba
La noche anterior

Nadie vio a Maya huir en la furtividad de la noche cargada con pocas pertenencias y un montón de dinero en efectivo, conduciendo un coche de alquiler.

Agradecida por haber tenido unos días de margen para prepararlo todo, su encantadora casita rural ardió en el mismo momento en que ella superaba la ansiedad que le provocaba estar frente al volante y salir del pueblo, con un destino claro en mente: el aeropuerto. Solo Matilde, la anterior propietaria de la casa rural, sabía que Maya se iba de Patones de Arriba para conocer mundo, según le dijo, por lo que no buscarían su cuerpo entre los escombros. Ni a Maya ni a nadie. Qué suerte que no hubiera nadie dentro, dijeron, antes de investigar la procedencia del incendio y descubrir que había sido provocado.

Antes de salir de casa, Maya prendió fuego a las cortinas del salón con gasolina. No necesitó más para que las llamas empezaran a devorar la casa hasta reducirla a cenizas y así encubrir su asesinato o, al menos, conseguir más tiempo. Cuando media hora más tarde se presentaron los bomberos, no quedaba nada que extinguir, y era un milagro que no hubiera víctimas mortales. La casa había ardido hasta los cimientos, pero como nadie sospechaba que entre los escombros había lo poco que puede quedar de un cadáver dadas las dimensiones del incendio, que es su dentadura, pasó del todo desapercibida.

Al menos, hasta la llegada de la inspectora Martín la tarde del día siguiente.

Patones de Arriba
Ahora

A Vega y a Daniel se les queda cara de idiotas al contemplar los escombros de lo que hasta hace un día era una casa de piedra preciosa construida en 1818. Doscientos años de historia reducida a cenizas. No ha quedado nada, y los pocos vecinos con los que se han topado se muestran apenados, no entienden qué pudo ocurrir la noche del domingo para que empezara a arder sin control. El olor a quemado sigue en el aire y montañas de cenizas permanecen esparcidas en el terreno como un eco de la tragedia.

—¿Qué hacemos con la orden de registro de la casa que nos ha conseguido Samuel, si ya no queda casa? —pregunta Daniel.

—Ha sido ella. Maya ha incendiado la casa, ocultaba algo ahí dentro… Necesitamos saber dónde está. Adónde ha ido —deduce Vega, muy segura de sus palabras, saltándose el cordón y las medidas de seguridad para caminar entre las cenizas.

—¿Qué buscas?

—Lo que seguramente los bomberos y la Guardia Civil no han tenido en cuenta. Piezas dentales. Llama al agente Navarro, lo quiero aquí inmediatamente.

El agente Navarro, de la Guardia Civil, llega en media hora vestido de paisano.

—Inspectora Martín, un gusto verla.

—¿Qué ha pasado aquí? ¿Por qué no se nos ha notificado que la casa rural de Maya se ha incendiado?

—No hemos creído que tenga nada que ver con los asesinatos de aquellos jóvenes... creía que habían cerrado el caso, que el asesino fue el marido de Maya.

Vega sacude la cabeza.

—¿Se sabe algo de Maya? —pregunta Daniel.

—Que afortunadamente no se encontraba en casa. Le dijo a Matilde, la anterior propietaria de la casa rural, que se largaba de Patones de Arriba para conocer mundo. No especificó dónde. Supongo que le ha quedado una buena herencia y le ha apetecido viajar, salir de aquí después de tantos años.

—Salir de aquí después de tantos años, y la casa se incendia. La vida está llena de casualidades, ¿verdad, agente Navarro? —comenta Vega con sarcasmo.

—¿Qué quiere decir?

—El incendio ha sido provocado.

—Eh... sí, eso han dicho los bomberos. Se inició en el salón, se propagó por toda la casa muy rápido, por lo que debieron de usar un acelerador, posiblemente gasolina. Los bomberos llegaron a los treinta minutos, cuando ya era demasiado tarde.

—¿Treinta minutos? ¿Por qué tardaron tanto?

El agente se encoge de hombros.

—Esto no es una ciudad, inspectora, en los pueblos se tarda más para todo...

—Vaya excusa de mierda.

Daniel la mira, entiende su cabreo y su frustración, pero no le gusta que trate así al agente.

—Vega...

—¡Bruno está aquí! —le grita Vega, señalando los escombros. El agente Navarro no oculta su sorpresa.

—¿Bruno el superviviente? —trata de entender el agente Navarro.

—No, Bruno el superviviente no, Bruno el asesino. Él mató a esos jóvenes, seguramente también a Cristina Fuentes en 2002, y Maya lo ha matado a él. Bruno está aquí —insiste—, entre los escombros, reducido a cenizas, pero todo el mundo sabe que las piezas dentales y las prótesis sobreviven a un incendio.

CAPÍTULO 34

Rasiglia, Italia
Martes, 1 de junio de 2021

Al igual que nadie vio a Maya huir de Patones de Arriba, nadie en Rasiglia, una aldea de montaña en el municipio de Foligno a más de seiscientos metros sobre el nivel del mar, la ha visto llegar.

Solo lleva cuatro horas escondida en una vieja casa de piedra alejada del centro del pueblo, cuyo propietario estaba tan desesperado, que no ha hecho preguntas cuando le ha pagado en efectivo cinco años de alquiler. A Maya le crea inseguridad no haber firmado ningún contrato, podrían echarla en cualquier momento, pero es la manera que tiene de no dejar huellas, y confía en ese hombre que le ha asegurado que no va a tener ningún problema. La ha mirado a los ojos elucubrando que está huyendo de algún tipo de violencia, doméstica, tal vez, y, seguidamente, le ha deseado suerte y se ha largado feliz como unas castañuelas con un buen fajo de billetes.

El viaje ha sido largo y cansado, repleto de nervios, remordimientos e inseguridades. Solo espera que la policía no llegue hasta ella. Que no la encuentren y, con el tiempo, se olviden de su existencia. Ha tomado todo tipo de precauciones, la más peliculera ha sido alquilar un coche en Roma con un documento de identidad falso, deduce que con el nombre de una difunta o a saber. Se dejó el móvil en la casa rural, un objeto más entre los escombros, por lo que no van a poder rastrear su ubicación. En cuanto pueda, conseguirá un móvil antiguo e ilocalizable que utilizará para decirles a sus padres que está bien y a salvo, aunque es triste pensar que no los volverá a ver. Lo único que la policía puede averiguar, es que la madrugada del lunes se subió a un avión con destino a Roma, desde donde alquiló un coche con una identidad falsa que no le costó conseguir gracias al dinero de Nico. El dinero lo compra todo y tiene de sobra para vivir en las sombras; ella no necesita mucho.

Condujo durante algo más de dos horas desde Roma hasta Umbría, y treinta minutos más desde Umbría hasta Rasiglia, un asentamiento medieval surgido en el siglo XII, un pequeño oasis entre las montañas donde cuentan que hace unos mil años, el hombre decidió que la piedra sería su hogar y el agua su oficio. Rasiglia es, a día de hoy, una especie de museo al aire libre, después de que durante siglos alimentara molinos y fábricas para garantizar la supervivencia de la comunidad. Es el lugar perfecto para esconderse, porque hay mucha gente de paso y pocos habitantes, no llegan a cincuenta.

—Aquí estaré bien —le dice Maya al vacío, contemplando las vistas a las montañas, un paisaje precioso al que se adaptará y llegará a amar, pese a la soledad a la que sabe que, a partir de ahora, está destinada.

Madrid

Efectivamente, Bruno, o lo poco que quedaba de él, estaba entre los escombros. Les ha llevado días e infinidad de horas dar con un par de piezas dentales que han corroborado que Bruno estaba dentro de la casa rural en el momento del incendio. No obstante, y por orden del comisario Gallardo, el caso queda cerrado, aunque a Vega se le han quedado muchas preguntas en el aire y una espinita clavada que no va a salir así como así.

¿Por qué Nico confesó unos crímenes que no había cometido?

(Esta pregunta la tiene martirizada).

¿Maya mató a Bruno?

¿Fue ella quien le prendió fuego a la casa?

¿Adónde ha ido? ¿Dónde está escondida? ¿Volverán a tener noticias de ella algún día?

El comisario no les ha dejado ni comprobarlo, con lo fácil que sería averiguar qué destino ha elegido Maya en caso de que se haya subido a algún avión. Vega ha sido incapaz de disimular el desprecio que siente hacia su superior.

—Ya, Vega, ya. Caso cerrado —trata de hacerle entender Daniel, en un ambiente más distendido que el de la comisaría. El bar Casa Maravillas de Malasaña, no muy lejos del piso al que ahora saben que Bruno no regresará ni le pagará al vecino de enfrente los cien euros que le ha quedado a deber, es el lugar de evasión en el que, no tanto como Daniel querría, Vega y él se toman un par de cervezas antes de volver a sus respectivas casas después de una dura jornada laboral.

—Qué mal lo hemos hecho, Daniel. Qué mal todo, joder.

—Nico confesó los asesinatos. No nos dio tiempo a comprobar si estaba o no en el pueblo, eso llegó después. No te fustigues. Bruno, el supuesto asesino, está muerto. Se acabó.

—Maya lo ha matado.

—Ha matado a un asesino.

—Las cosas no funcionan así, Daniel —espeta Vega con tono airado.

—Lo sé. Lo sé, pero, a veces, por mucho que lo intentemos, nadar a contracorriente no sirve de nada, Vega, lo sabes mejor que nadie. Las cosas no salen siempre como queremos solo porque a nosotros nos parezca injusto o no terminemos de dar un caso por cerrado. Piensa que, después de todo lo que ha tenido que pasar esa chica, el asesinato de su amiga, estar casada con un tipo... dejémoslo en controvertido, y quizá descubrir que Bruno era un psicópata, no ha debido de ser fácil. Puede que lo matara en defensa propia.

Vega le da un sorbo a la cerveza, repitiendo internamente las últimas palabras de Daniel: «Puede que lo matara en defensa propia».

—Es lo que voy a tener que pensar para dormir con la conciencia tranquila, Daniel. Que Maya se defendió. Que Bruno era un monstruo y al menos Maya se ha salvado y ojalá, esté donde esté, encuentre un poquito de paz después de todo lo que le ha tocado vivir.

Una hora más tarde, Vega y Daniel se despiden en la puerta del bar. Ella se va a casa, espera que Marco haya llegado ya, le dice a Daniel, mientras él regresa a comisaría, que es mejor que soportar la cara de acelga de su mujer.

Aparcamiento subterráneo del centro Mia
En ese mismo momento

El Descuartizador va directo como una flecha en dirección a su novena víctima, Milena Lázaro, que acaba de salir de su quinta sesión con el psicólogo José Gago por problemas de insomnio y estrés postraumático tras nueve meses de servicio como militar en el Líbano.

Después de asesinar a ocho mujeres, el Descuartizador no piensa con claridad. Se ha confiado. Qué error. Empezó siendo paciente, sus asesinatos eran más espaciados en el tiempo. No había prisa. Esperaba el momento perfecto, el lugar idóneo en el que no hubiera testigos ni cámaras de vigilancia, pero ¿qué podría salir mal esta vez? Si no lo han pillado las ocho veces anteriores, no lo van a pillar ahora, y quiere sangre, la necesita ya como un drogadicto en busca de su dosis diaria. Así que sortea las cámaras de seguridad del aparcamiento subterráneo del centro Mia que conoce de memoria, y agarra a Milena por la espalda clavando la punta de la afilada hoja de la navaja en su cuello.

—Si gritas, te rajo el cuello aquí mismo —la amenaza con voz susurrante y ronca, la boca pegada a su oreja, de la misma forma en la que amenazó a las ocho mujeres anteriores, cuyas caras ahora se entremezclan y lo confunden. Ha olvidado sus nombres, pero no el motivo que lo impulsó a torturarlas y el placer que sintió cuando les arrebató la vida.

Al Descuartizador se le pone dura al ver la vena palpitante en el cuello de Milena y la gota de sudor que desciende de su sien. El momento parece ralentizarse. Tan embelesado está en los detalles, que no ve venir el golpe que ella le propina en el costado ni su mano cerrada en un puño firme y duro golpeándolo en la cabeza hasta derribarlo.

El Descuartizador cae aturdido, su cuerpo se estampa

contra el cemento, el puño de Milena le ha parecido un misil directo al cráneo. La navaja cae a unos metros de distancia. Su alianza de casado, esa que siempre le ha ido floja y nunca ha encontrado el momento para ir a la joyería a ajustarla, se le suelta del dedo y cae rodando por el suelo, *clonc, clonc, clonc*. Milena se adueña del anillo al vuelo, con tanta rapidez que el Descuartizador ni se percata, y sale corriendo del aparcamiento hasta entrar en la primera comisaría que encuentra.

Milena, casi sin aliento, tropieza con un hombre. Es el subinspector Daniel Haro, que la agarra de los antebrazos evitando así que la mujer caiga al suelo. Se fija en que tiene un pequeño corte en el cuello y que, por su mirada huidiza y su comportamiento errático, acaba de sufrir un asalto. La inseguridad ciudadana está a la orden del día.

—Tranquila. ¿Puede decirme qué ha pasado?

Milena, que durante este rato ha tenido tiempo de pensar y de sospechar que el hombre que la ha atacado en el aparcamiento es el Descuartizador del que todos hablan y que se ha cobrado la vida de ocho mujeres que, como ella, eran pacientes del psicólogo José Gago, no puede hablar, así que se limita a entregarle el anillo que se le ha caído a su atacante, una prueba crucial que ayudará a desenmascararlo y detenerlo.

—Pero qué...

Daniel observa la alianza, le da la vuelta, la mira desde varios ángulos con extrañeza.

—Descuartizador —revela Milena, cayendo de rodillas al suelo.

—No puede ser —dice Daniel en una exhalación, leyendo la inscripción grabada en la cara interna de la alianza:

Vega & Marco
28-05-2016

Piso de Vega y Marco
Dos horas más tarde

—Total, que se cierra el caso sin que sepamos nada de Maya, que deduzco que mató a Bruno. Cuando prendió fuego a la casa, Bruno ya estaba muerto, seguro. De hecho —tiene la necesidad de puntualizar ante un paciente Marco que la escucha con atención—, la tarde en la que Begoña y yo fuimos a Patones de Arriba y la vimos fuera, con su copita de vino, me juego el cuello a que el cadáver de Bruno estaba en la casa y provocó el incendio para deshacerse del cuerpo o ganar tiempo para huir —zanja Vega, después de haber criticado lo suficiente a Gallardo como para no volver a hablar de él en un mes, mientras termina de freír unas croquetas de pollo.

—Siento que el caso no haya terminado como esperabas, que no te dejen hacer más —le dice Marco en tono conciliador, abrazándola por la espalda y levantándole la camiseta del pijama para acariciar su vientre. Han fantaseado infinidad de veces con que ese vientre firme y musculado debido a la gran cantidad de abdominales que Vega hace a diario, se abulte hasta que no sea capaz de verse los pies, albergando una vida en su interior que los una aún más de lo que ya lo están.

—¿Y tu anillo? —se percata Vega—. ¿Lo has llevado a la joyería a que te lo ajusten? Ya era hora.

Marco, paralizado, saca la mano del vientre de Vega como si le hubiera dado un calambre, y se mira la mano sintiendo un vuelco en el estómago. Vega no le da importancia, saca las croquetas de la sartén, las sirve en un plato, coge dos vasos del armario y sale de la cocina para acabar de poner la mesa en el salón. Enciende la tele y, distraída, busca entre el interminable catálogo de Prime Video alguna película para ver esta noche.

—¿Marco, vienes a cenar o qué? —lo llama, en el momento en que alguien golpea la puerta de entrada y Vega se sobresalta—. ¿Pero y esto? ¿A estas horas? Ya están los hijos de los vecinos llamando a la puerta —resopla Vega, cruzando el pasillo para ir a abrir con la intención de asustar a esos críos del demonio, pero, en cuanto abre, lo que le parece un pelotón de agentes armados pasan por su lado gritando:

—¡Policía!

—¡Marco Ruíz, queda detenido! —increpa el inspector Gutiérrez, entrando como un huracán en la cocina.

Gutiérrez. Es el inspector Leonardo Gutiérrez y también están Candela, Guillermo… sus compañeros, joder, sus compañeros han tirado a Marco al suelo, lo están esposando y le están leyendo sus derechos mientras nombran a las ocho mujeres asesinadas por el Descuartizador.

¿Esto es real?

Esto no puede estar pasando. Toda esa gente, esos policías que se han agolpado en su piso, no pueden estar aquí.

—¡¿Pero qué cojones hacéis?! —les pregunta Vega, sintiendo que un agujero se abre bajo sus pies—. ¡Se os va a caer el pelo, joder!

El inspector Gutiérrez le dirige una mirada distante. Se aparta de sus compañeros, que tienen bien sujeto a Marco, agarra a Vega del brazo con toda la suavidad de la que es capaz pese al tenso momento, y le dice entre dientes:

—Tu marido es el Descuartizador, Vega. Lo hemos tenido en el punto de mira estos últimos días y hoy ha intentado atacar a una mujer en el aparcamiento del centro en el que trabaja. Pero se ha equivocado de víctima. Milena Lázaro es una exmilitar que lo ha dejado noqueado, llevándose su alianza como prueba.

—¿Pero qué estás diciendo? ¡No! No, joder, os estáis equivocando, Gutiérrez, ¡mi marido no es un asesino!

Pero entonces, recuerda lo primero que Marco le ha dicho al entrar por la puerta:

—Joder, me va a estallar la cabeza. Me he dado un golpe más tonto…

La alianza. Gutiérrez ha dicho que esa tal Milena Lázaro ha presentado una alianza como prueba. ¿Es lo único que tienen para acusarlo del asesinato de ocho mujeres? ¡¿Pero nos hemos vuelto locos?! La alianza se le ha debido de caer en el aparcamiento porque le va floja y tiene que ir a la joyería a ajustarla, no es más que una prueba circunstancial.

—¡Que te digo que no, Gutiérrez, que Marco no es…!

Las palabras mueren en su boca.

No se puede defender lo indefendible, Vega, abre los ojos. Abre los ojos, porque tenerlos cerrados, aunque sea lo más cómodo, te acabará destruyendo. Marco llevaba días en el punto de mira de Gutiérrez y su equipo. El marido de Vega era el sospechoso del que Daniel había oído hablar. Por eso estaban llevando el tema con tanto secretismo, porque el Descuartizador ha resultado ser el marido de una compañera.

Vega está en estado de shock cuando ve a Marco esposado, retorcido hasta formar un arco brutal, la espalda arqueada, los brazos a la espalda, las muñecas dobladas de una forma ilógica, y dos agentes a cada lado agarrándolo con firmeza.

—Marco, ¿pero qué has hecho? —pregunta Vega abatida, con lágrimas en los ojos y un nudo estrujándole la garganta, sintiendo que ese hombre que la mira con frialdad y esboza una sonrisa ladina es un completo extraño.

TRES MESES MÁS TARDE

CAPÍTULO 35

Madrid
Lunes, 13 de septiembre de 2021

—Bienvenida —reciben a Vega algunos compañeros cuando cruza la puerta de comisaría con la cabeza gacha, la vergüenza y la tristeza de estos últimos meses reflejadas en la cara. Parece que le han caído diez años encima, opinan los que le dan la bienvenida con la boca chica, al tiempo que le dirigen miradas huidizas. La mayoría de compañeros le dieron la espalda cuando descubrieron que era la mujer del psicólogo Marco Ruíz, el escurridizo Descuartizador.

«Ha estado delante de nosotros todo este tiempo y por haber sido el marido de la inspectora Martín no lo hemos pillado antes», se quejó el cabrón de Gutiérrez, llevándose todas las medallas.

De no ser por Daniel, su mayor apoyo, su mejor amigo y confidente, Vega no habría vuelto a comisaría con tal de no volver a ver al equipo que se llevó preso a su marido en su propio piso. Una hora después de ese traumático momento, Marco confesó con un orgullo enfermizo que, efectivamente, era el Descuartizador.

—¿Por qué, Marco? ¿Por qué? —le preguntó ella cientos de veces, deseando que se pudriera en la cárcel.

Las preguntas se amontonan. Las respuestas nunca llegan.

Begoña, Samuel y Daniel se unen a Vega dispuestos a arroparla y cuidarla. La inspectora tiene que hacer un esfuerzo sobrehumano para no echarse a llorar, pero, últimamente, tiene la sensación de que se ha quedado seca, que no hay más lágrimas que derramar pese al dolor agudo que le presiona la tráquea cada vez que piensa en esas ocho mujeres muertas a manos del monstruo del que fue su marido, el hombre al que amó con toda su alma y que ahora repudia.

Hasta el comisario había dado por muerta (profesionalmente hablando) a Vega, por lo que ahora la mira desde su despacho con cierto orgullo, comparándola con un ave Fénix capaz de resurgir de sus cenizas. Y eso es lo que está intentando hacer Vega: resurgir, volver, seguir adelante, pasar página, empezar de cero. A veces, vivir supone un gran esfuerzo, nos pasa a todos, pero siempre hay algo (o alguien) que nos motiva a continuar luchando. Por eso, lo primero que Vega les suelta a su equipo con toda la naturalidad de la que es capaz, es:

—Bueno, ¿qué tenemos por aquí?

ACOMPAÑA A VEGA MARTÍN Y A SU
EQUIPO EN UN NUEVO CASO: